KEITAI
SHOUSETSU
BUNKO
SINCE 2009

野いちご

本能レベルで愛してる
～イケメン幼なじみは私だけに
理性がきかない～

春田モカ

JN030588

STARTS
スターツ出版株式会社

ただの幼なじみだったはずなのに……。
お互いにフェロモンの作用で惹かれ合ってしまう体質だと
分かってしまって……!?

「まっ、待って紫音……！」
「待たない。もうそんな余裕ない」

クールだったはずの幼なじみが超 豹変!?
手加減なしで、強引に迫ってきます……。

食べることにしか興味がない、スーパー鈍感女子
花山 千帆
×
千帆にしか興味がない、何もかも完璧なクール男子
伊集院 紫音

「ていうか俺、フェロモンとか関係なしに、
そもそも千帆にしか欲情しないから」

ドキドキするのは、フェロモンのせい？
それとも……？
理性と本能が交差する、刺激的な幼なじみラブ！

本能レベルで愛してる

愛してる

イケメン幼なじみは
私だけに理性がきかない

人物紹介

α（アルファ）

伊集院紫音（いじゅういんしおん）

女子にモテるけど、クールで
気難しい性格。完璧イケメン
なうえに、財閥の御曹司。

β（ベータ） → Ω（オメガ）

花山千帆（はなやまちほ）

単純で食べるのが大好きな普
通の高校生。17歳の誕生日
に体に変化が現れて…。

β

市川竹蔵
いちかわたけぞう

韓流アイドル&イケメン好きなクセ強めの男子。千帆にズバズバ意見するけど親友。

β

村田かおり
むらた

イケメンとラーメンが好きなサバサバ系美女。千帆と食の好みが同じで親友。

α

三条星
さんじょうほし

千帆のクラスに編入してきた転校生。イケメンで女子に優しい正統派王子様キャラ。

α・β・Ωとは…

アルファ α

とにかく人を惹きつける魅力をもった超完璧人間。数十万人にひとりの逸材。

ベータ β

一般人。人間の多くがこの部類に入る。

オメガ Ω

絶滅危惧種ともいわれているほどの希少な存在。高確率でアルファの子供を産むとされている。

アルファとオメガはそのフェロモンと本能で惹かれあうようになっている。

contents

プロローグ

「俺と"番"になる？　千帆」

「え……？」

　放課後、誰もいない教室で、幼なじみの紫音は私の手を握りしめながら、色気のある瞳で私をじっと見つめてきた。

　中性的で恐ろしく整った顔立ちに、少し長めの前髪から覗く半月型の瞳。

　真っ黒な髪の毛が雪のように白い肌をより際立たせている。

「本当はこんな形で、言いたくなかったけど」

　まるで芸術品のような顔をした幼なじみが、なぜか切なそうに顔を歪めている。

　気まずい空気の中黙っていると、紫音は急に獣みたいな瞳に変わって、私の手首を掴んだ。

　急に美しい顔が接近して、紫音のサラサラとした前髪がおでこに触れる。

　すぐにでも唇同士が触れてしまいそうな距離感。心臓が爆発したみたいに高鳴っている。

「言ってなかったけど、十回キスしたら強制的に番になれるらしいよ」

「えっ、待って紫音……んっ」

　問いかける前に、無理矢理唇を塞がれた。

　甘い痺れが脳まで到達して、体に力が入らなくなってい

く。

　慌てて紫音の体をドンドン叩いてみるけれど、びくとも
しない。

　むしろ私の後頭部をがっちりと大きな手で包み込んでく
る。

　数秒後、わざと音を立てて唇を離してから、紫音は恐ろ
しく艶っぽい声でこう囁いたのだ。

「あと八回」

　紫音から感じる熱っぽい吐息に、ゾクリと全身が粟立ち、
思考が停止していく。

　ただの幼なじみの関係が、いったいどうしてこうなって
しまったのか——。

　紫音の色気にクラクラしながら、これから彼とどう接し
ていくべきなのか、私は必死に頭を回転させていた。

☆
☆
☆   ☆

第一章

はじまりの朝

「おい、いい加減起きろ」

　不機嫌そうな声と一緒に、ピピピピ、という無機質な音が遠くから聞こえる。

　ギシッとベッドが軋（きし）み、誰かがベッドに手をついた。

　うっすら目を開けると、いつも通り、やたらと容姿の整った幼なじみが、呆（あき）れた様子で私のことを見おろしていた。

「うーん、もう少し、あと五分寝かせてー」

「お前、十七歳になってもその調子かよ」

　——桜の花が丁度（ちょうど）満開になる時期の今日、私は十七歳の誕生日を迎えた。

　お隣に住んでいる幼なじみの紫音とは、誕生日も高校もクラスも一緒の腐れ縁（くされえん）。

　クラス替えがあってまだ間もないというのに、既に二十人以上の女の子に紫音の連絡先を聞かれている。

　というか、クラスメイトの女子全員に聞かれた。

「千帆の"あと五分"はまったく信用ならない、起きろ」

「うーん、寒いよー、眠いよー」

　なぜみんな、紫音と仲良くしたがるのか。

　それには分かりやすい理由がある。

　彼は、超ウルトラスペシャルな階級の人間、アルファだからだ。

　血液型の違いみたいなもので、人間にはアルファとベー

タとオメガの三つのタイプがある。

　アルファはとにかく人を惹きつける魅力を持った、超超完璧な人間で、数十万人にひとりしかいない神に選ばれし存在。

　ベータは一般人。多くの人がこの部類。ちなみに、私もここにいる。

　オメガはとにかく希少な存在で、アルファと強烈に惹かれあってしまうのだとか。

　完璧なアルファである紫音は、成績優秀で眉目秀麗で、運動神経も抜群。おまけに家は超お金持ちの大財閥。

　普段はフェロモンを撒き散らさないように薬を飲んでいるらしいけど、それでも容姿が美しすぎてモテまくっている。

　幼なじみだからか分からないけれど、私は紫音のフェロモンとやらに当てられたことはないので、みんなが目をハートにしている理由が正直分からない。

　だって紫音は紫音だし、何か特別な人間とは思えない。

「腹見えてんぞ」

「うーん、大丈夫……」

「分かった。着替えさせてやるから寝てろ」

「ふわぁ〜、今なんて……？」

　お腹に冷たい手が少し触れていることに気づいて、私はがばっと起き上がり、チェック柄のパジャマを慌てて押さえた。

「お、起きるから！　びっくりしたっ」

「チッ」

「今舌打ちした？」

　気のせいだよね……？　私のお腹なんか見たってなんの得にもならないわけだし……。

　私はふわっと大きなあくびをひとつしてから、目の前にいるブレザー姿の幼なじみに挨拶（あいさつ）をした。

「紫音は今日も起きるの早いね」

「いや、家出る二十分前に起きる女子高生、千帆くらいだから」

「なんか紫音、顔が整いすぎてて朝から胃もたれするなぁ」

　色気のある半月型の瞳に、どこも荒れていない綺麗（きれい）な肌、スッと通った鼻筋に、艶やかな黒髪。おまけに一八〇センチ超えの高身長。

　紫音が街を歩けば周りの女子高生は倒れそうになり、男子高校生もモーセの十戒（じっかい）の如く（ごと）道を開け、お店に入れば店員さんに過剰なサービスをされまくる。

　紫音の従姉妹が賞金欲しさに勝手にオーディションに写真を送ったら、即事務所から猛烈な電話が来て、紫音が従姉妹に爆ギレしたという話も最近聞いた。

　そこらのアイドルにも負けないくらいのイケメンと幼なじみ関係になって、かれこれ十年以上。やたらと過保護な紫音は、私が何もできないと思ってこうして朝から世話を焼いてくる。

「あ、そういえば紫音、隣のクラスのアケミちゃんって子が、連絡先教えてだって」

「知らない。誰そいつ」

「そうだ！　もういっそ、全教室の黒板に書いて回ったら
どうかなあ。私も毎回毎回聞かれて困ってるんだよ」

「毎回毎回断ってるこっちの身にもなれっての。アケミに
もそう言っといて」

「なんでそんなに紫音は頑なの？　友達作らずに群れな
いことがかっこいいと思ってる思春期なの？」

「黙れそう？」

　低い声でそう言い放たれて、怒った紫音は怖いので私は
すぐに黙った。

　それから、冗談だって、と言って肩を叩こうとすると、
紫音は深い深いため息を吐く。

　そ、そんなに怒ること……!?　男子の思春期いじりはそ
こまでご法度だったなんて知らなかったよ！

「ごめんって！　今日はせっかくお互い誕生日なんだから
ハッピーにいこう？」

　笑って誤魔化してみたけれど、紫音は真剣な顔であるこ
とを問いかけてきた。

「ねぇ、十七歳になって、体に異変とかないよね？」

「異変……？　何もないけど。あ、まさか、私がオメガに
変化するかもとか思ってるの？　ありえないって」

「……なら、いいけど」

　紫音が心配しているのは、多分、十七歳になるとオメガ
の特性が現れてしまうベータが稀にいる、という現象のこ
とだろう。

　アルファとオメガは、フェロモンによってかなり強烈に惹かれ合ってしまうらしいから……そこも紫音的には心配なのかも。

「大丈夫！　たとえ私がオメガだとしても、紫音を誘惑（ゆうわく）できるはずないし、安心して！」

「…………」

　私は自信満々に胸を叩いてそう言うと、みるみるうちに紫音の眉間（みけん）の皺（しわ）が濃くなっていく。

　思い切り不機嫌なオーラを飛ばしながら、紫音はいきなり私の手首を掴んだ。

「ど、どうしたの？　紫音」

「千帆の頭が悪すぎて、朝からキレそう」

「急にめちゃくちゃ悪口……!?」

「お前さ、俺のことなんだと思ってんの？」

「何って、紫音は紫音だよ。よき幼なじみの」

「俺はお前のこと、幼なじみなんて思ったことねーよ」

　ど、どうしよう。なんで今日はこんなに機嫌が悪いの？反抗期？

　もう着替えないと遅刻しちゃうんですけど……。チラッと時計を見ると、もう完全に遅刻の時間だった。なのに私はまだパジャマ姿だ。

　私は慌てて、なぜかやたらと距離が近い紫音の胸板（え）を押し返して、話を逸らそうとした。

「ちょ、ちょっと紫音。もう急がないと遅刻しちゃうよ？」

「分かった。じゃあ、簡潔に教えてやるよ」

「え、何を……？」

「俺がお前のことどう思ってるのか」

「え……？」

　ふと顔を上げた時には、紫音の美しい顔面が、ドキッとするくらい近くにあった。

「し、紫音っ……？」

　驚き顔を逸らそうとしたが、無理矢理顎を掴まれ、唇に柔らかいものが当たる。

　──その瞬間、今までの人生で感じたことのないくらいの甘い痺れが、全身に行き渡った。

「んんっ……！」

　ビリビリとした甘い痺れは私の脳を働かなくさせ、指先まで力が入らなくなっていく。

　頭から何かの物質がドパーッと放出されて、自分の体が自分じゃないみたいになっていく。

　触れた唇が、甘くて熱い。こんな感覚、知らない。

「し、紫音……！」

　なんとか彼の肩を押し返して体を離すと、紫音は見たことないくらい興奮しきった顔をしていて、目の色が少し赤く変わっていた。

　私の心臓も信じられないほどバクンバクンと音を立てていて、今にも破裂しそう。

　ただでさえ色っぽい紫音が、とんでもなくフェロモンを撒き散らしている。

　でも、程なくしてすぐに正気を取り戻したのか、今度は

一気に顔を青ざめさせていく。

　そして、私の両肩を掴んで、絶望感に溢れた顔で口を開いた。

「お前、もしかして本当はベータじゃなくて──」

「なっ……、なに……っ」

「最悪すぎだろ……」

「て、ていうか、なんでいきなり、キ、キスなんてしたの！いくら思春期だからってこういうことテキトーな幼なじみで試すの、許されないよ！　バカ！」

　私は紫音に枕を投げつけて、逃げるようにベッドから飛び出た。

　自分の体が自分じゃないみたいに感じたこと、紫音が紫音じゃないみたいだったこと、感じたことのない甘い痺れに襲われたこと、そのどれもが怖かった。

　しかも、人生初キスがあんな形であっさり奪われてしまうなんて……！

「は、初めてだったのに……！」

　ドキドキドキ、と心臓が激しく高鳴っている。

　紫音の真剣な瞳や、強引な仕草を思い出すだけで、カーッと顔に熱が集まっていく。

　紫音はいったい何を考えているのか、さっぱり分かんないよ。

　その日私は、頭の中をぐるぐるぐるぐる回転させながら、色んな忘れ物をして学校へと向かったのだった。

アルファの憂鬱　side紫音

　道を歩けば、バカみたいな顔した人間が、ほいほい媚を売ってくる。

　ただフェロモンが作用しているだけだというのに。視線の何もかもが気持ち悪い。

　——自分が普通の人と違うことに気づいたのは、小学一年生になった時のこと。

　幼い頃は色んな人と関わった方がいいという親の考えで、俺は公立の小学校に入った。

　クラス分けがされたその日、女子からも男子からもやたらと視線を感じていた。

　そして、それは気のせいなんかではないと、両親からもはっきりと告げられる。

　俺はアルファで、どうしても人の視線を集めてしまうのだと。

「ねぇねぇ、紫音君、これチョコ作ってきたの。食べてくれるかな……？」

「ちょっと、抜け駆けしない約束だったじゃん！　紫音君、今度の給食当番同じ班になろ！」

「そっちこそ抜け駆けじゃん！　紫音君はみんなのものなのに！」

　毎回学校で繰り返されるくだらない喧嘩。

　そんな風に、小学生の時から巻き込まれる面倒な争いに

疲れ果てていた頃、隣の家に新しい家族が引っ越してきた。それが千帆だった。

　同い年の女子で同じ小学校に通うことになると聞いた時は、面倒だという気持ちしかなかった。

「はじめまして、花山千帆です」

　大きな丸い瞳に、少しくせっ毛の柔らかそうな髪。白くて小さくて、なんか動物みたいなやつだな、というのが第一印象で。

　花山家がうちに挨拶に来た時も、俺はすぐに目を逸らし、そっぽを向いて関わらないようにしていた。

　母親はちゃんと挨拶をしろと怒っていたけれど、そんなことしたって意味はない。

　誰とも友達になるつもりなんてない。

　俺はかなりそっけない態度を取ったはずなのに、千帆は能天気なのか天然なのか、まったく空気を読まずに何度も俺に話しかけてきた。

「紫音君、一緒に学校行こー」

「……ひとりで行けばいいだろ」

「先生が私と紫音君は同じ登校班だって言ってたよ」

「そーかよ。勝手にすれば？」

「うんっ、勝手にするー」

　なんて、中身のない会話をし続けて毎日が過ぎ、毎朝千帆は能天気な顔をして、冷たい態度の俺についてきてくれた。

　そうするうちに、少しずつあることに気づいていく。

　なんだか千帆は、普通のクラスメイトとは違う気がする、と。

　視線が気持ち悪くない。よく分からない一方的な押し付けがましい好意も感じない。

　まるで懐っこい野良猫がついてきているくらいの感覚だったので、いつのまにか千帆との登校が嫌じゃなくなっていった。

　そしてある朝、俺は気になっていたことをついに聞いてみる。

「お前、俺のこと見て変な気持ちになったりしないわけ？」

「変な気持ち？　何それ」

「何って言われると……。ほら、俺アルファだから」

　フェロモンに誘発されて急激な恋愛感情を抱いたりしていないか、なんて聞けるわけがなかった。

　そもそもそんな質問ができるほど、その時の俺もまだ大人ではなかった。

「なんで？　紫音君は紫音君じゃん。アルファだから？とか、千帆よく分かんないよ」

　千帆はぽかんとした顔で俺を見つめると、あっけらかんと言いのける。

「え……」

「紫音君は、紫音君でしょ？」

　そう言われて、いつも胸の中に蔓延しているもやもやとした形のない黒い感情が、晴れ渡るみたいに消えていくの

を感じた。

　俺は俺——。

　アルファだからとか、特別な人間だからとか、そんなレッテルなしで見てくれる千帆の言葉に、簡単に救われてしまった。

　なぜ千帆にはフェロモンが効かないのか分からなかったけれど、初めて等身大で自分を見てくれる人に出会えた。

　その瞬間、バクバクと心音がうるさくなり、一気に千帆が可愛く見えてきて、いや、今までも本当は可愛いと思っていたのかもしれないけれど、とにかく、千帆のことしか見えなくなった。

　大切だから、誰にも渡したくない。

　この先千帆に何かあったら、絶対俺が守る。

　小学生ながらに、そう誓って生きてきた。

　そうして、想像通りクソ鈍感でいつも何も考えてない千帆に、可愛いと言っても抱きしめても頭を撫でても何も気づいてもらえずに、振り回され続けてついに高校生になってしまった。

　あの日は、あまりに危機感のない千帆に何かがぷつりとキレてしまい、ついにキスをしてしまったのだ。

　それでまさか、あんなことが起こるだなんて。

　千帆は、ベータじゃなくて、オメガだった。皮肉なことに、初めてキスをしたその日に分かった。

　ごくごく稀にいる、ベータの変化型。アルファのフェロ

モンに強かったのは、体が変化前でまだホルモン機能が安定していなかったから。変化型にはよくあることらしい。

あんなにクラクラして自制心を保てなくなったのは、生まれて初めてのことだったから、すぐにオメガだと分かってしまった。

千帆はオメガ。つまり、俺と"番"になるべき、存在。

希少なアルファの人間を残していくために、アルファとオメガが一緒になることは、世の中的に強く望まれている。

というよりも、フェロモンの作用で強く惹かれ合い、本能的に離れることができないのだ。

最悪だ、と思った。

まさかこんな形で、俺と千帆の関係性が変わってしまうだなんて。

フェロモンなんかの作用で好きになられたって、ちっとも嬉しくない。

俺の性欲が暴走して千帆を傷つけてしまったら、もう二度と立ち直れない。

アルファとオメガだから、という、そんな義務的な関係で、一緒にいたくない。

俺は、そんなクソみたいなカーストの壁なんて全然関係ないところで、千帆を好きになったというのに。

本当に――、何もかも、最悪だ。

○

「あ、紫音！　なんで今日朝起こしてくれなかったの！」

　千帆を襲ってしまうことが怖くて、今朝はひとりで登校した。

　すると、遅刻ギリギリにやってきた千帆が、すぐに俺の机までやってきて文句を言ってくる。

　しかもベタなことに食べかけのパンを片手に持ったまま。

　何もかも最悪だ……と思っていたはずが、一気に脱力する。

　本気で緊張感のないやつだな。

　俺、なんで千帆のこと好きなんだっけ。

　でもこのなんも考えてなさそうな顔、やっぱり癒されるんだよな。

　呆れた目で何も言わずに千帆を見つめていると、クラスメイトの女子数人が俺と千帆の間に割って入ってきた。

「紫音くんおはよう！　今日一緒に帰れたりしないかな？」

「お菓子作ってきたの。よかったら食べてくれない……？」

「紫音くんが好きだって言ってたバンドの曲聴いてみたよ！　すごくいい曲だねぇ……！」

　邪魔だ。どけ。千帆が見えない。

　そう心の中で悪態を吐きつつも、千帆がまったく彼女たちの標的にされていないことには、正直ほっとしている。

　千帆はライバル視されるような階級の人間ではないと思われているのか、一切彼女たちの視界には入っていない。

　千帆はいつもギリギリで学校に登校してくるので、化

粧っ気もないし、持ち物も全部女子高生らしからぬ素朴な
ものばかり持っているので、背景と化しているのかもしれ
ない。

　けど俺は知っている。

　千帆が一般的に見ても、本当は可愛いということを。

　本人が出す能天気さである程度モテオーラを殺せている
が、男子の間では地味に可愛いと各学年で噂されている。
本人はまったく一ミリも気づいてないが。

「花山さん、おはよう。寝癖ついてるよ？」

「えっ、本当に!?　ごめんなさい！」

「はは、なんで謝ってんの？　今日も面白いね」

　キャーキャー群がってくる女子の後ろで、とっくに俺へ
の怒りなんかどうでもよくなった千帆が、クラスの男子に
髪の毛を触られそうになっている。

　ほら、言っているそばからこうだ。

　俺が定期的に害虫駆除をしているから、平穏な学園生
活を送れているってこと、分かってんのか？　こいつ。

「千帆に触んないでくれる？」

　座っている千帆の席まで向かい、彼女の頭を片手で自分
の体に引き寄せる。

　目で殺すくらいの気持ちで男子を睨みつけると、完全に
アルファのオーラに当てられたそいつは「すみませんでし
た！」と言って赤面しながらすぐに謝った。

「ちょ、ちょっと紫音、人間の首の構造理解してる!?　危
険な角度に曲がりかけてるんだけど！」

「医者以外の誰かに触らせたら許さないって言ったよな？」

「何それ初耳だよ！」

「それより千帆、今日話が──」

　恐らく千帆は自分がオメガであることにまだ気づいていない。

　ちゃんと話さねばと思い、抱き寄せていた千帆の頭を離して顔を見つめると、俺はその場に固まった。

　なんだ？　今日は何かが違う……。

　フェロモンが出ているせいなのか、オメガに変化したからなのか分からないが、千帆のオーラがいつもと違う。

　なんか、周りにキラキラした何かが飛んでいるかのような……。

　一言で言うと、元の千帆の可愛さが、溢れ出てしまっている。

「千帆、今日顔になんか塗った？」

「えっ、寝ぼけて洗顔フォームと歯磨き粉間違ってつけたのバレた!?　いや目にミントが染みて一気に目が覚めて驚いたよ……」

「あっそう……」

　ダメだ。会話ができない。珍しく化粧をしたのか確認したかっただけなのに。

　近くの男子がコソコソ話で「なんか今日の花山可愛くね？」と話しているのが聞こえてくる。

　やっぱりか。間違いなくオメガに変化したせいだ。千帆のずぼらさで隠せていた可愛さがもう隠せなくなってい

る。

　白い肌に、透けるような茶色い長髪、リスみたいにくりっとした目……。こんなのその辺の男子が放っておくわけがない。

　しかも、昨日キスしたにもかかわらず、千帆は全然普通の態度だし……。

　俺はちょっと意識していたというのに。

　キスしても意識してもらえないなら、いったい何をすればいいんだ？

　二重でイライラしてきた俺は、ぷにっと千帆の頬を摘まんで横に引っ張った。

「何すんの紫音」

「今日の放課後話あるから残れよ」

「そ、そんなタイマン挑むみたいに……」

　とにかく。今は千帆にオメガのことを知らせないといけない。千帆の両親にも伝えるべきだ。

　彼女の家族もみんな能天気だから、呑気に誕生日だけ祝って昨日は過ごしたんだろう。

　考えることが多すぎて頭が痛くなってくる。

　いったいこの幼なじみは、どれだけ俺のことを振り回したら気が済むのだろうか。

幼なじみの関係

　なんだか昨日から紫音の様子がおかしい。

　しかも、いきなりキスしてきたくせに急に朝起こしに来るのをやめて、学校で会ったらいつも通りの態度だし。

　紫音の考えていることが全然分からない。

「千帆！　今日の放課後ラーメン食べに行かない？　私好みな死ぬほど味濃い系のお店見つけてさー」

　放課後、紫音に指定された教室に向かおうとしたところ、友人の香織ことかおりんが、意気揚々と話しかけてきた。

　黒髪ロングの清楚な見た目とは反対に、かなりヘビーな味のラーメン好きの彼女は美味しいお店を見つけるといつも誘ってくれる。

　一緒に行きたかったけれど、今日は紫音にタイマンを挑まれてしまったので断らざるを得ない。

　ちなみに紫音は先にさっさと教室を出ていってしまったので、もうここにはいない。

「かおりん、ごめんよ。今日は紫音に呼ばれてて……」

「え！　紫音様に!?　そんなんそっち優先して当たり前でしょうが！」

　目に血を走らせながらそう言うかおりんに気圧されて、私は一歩後ろへさがる。“様”って……。紫音は同い年なのに……。

「かおりんの言う通りだよ、千帆。幼なじみにアルファが

いるなんて、眼福（がんぷく）すぎて最高じゃない？　学校が十校あってもひとりアルファがいるかどうかも怪しいくらいの確率なのに……」

かおりんと私の間に、もうひとりよく話す友人の竹蔵（たけぞう）が割って入ってきた。

タケゾーはいつもメイクばっちりで、前髪の分けめが乱れるたびにサッと鏡を見て直している美意識の高い男子だ。

タケゾーも紫音の顔は最高だといつも崇（あが）めている感じなので、かおりんと話が合う。

そんなタケゾーが、なぜか顔をグッと近づけて不思議そうに私のことを見つめてきた。

「ん？　なんか今日肌綺麗ね。いや、肌っていうかオーラ？　千帆、アンタなんかした？」

「え？　なんかそれ今朝も紫音に言われたなあー」

「ほんとだー。タケゾーの言う通り、なんか、オーラ出てる？　てか、色気？　恋でもしたかー？」

ふたりが不思議そうに見つめてくるけれど、私はただただ困惑（こんわく）している。まさか、歯磨き粉で顔のくすみが取れたのかな……？

いやいや、今日はいつも通りどころか、寝癖も何もかもテキトーだというのに、そんなオーラが出ているわけがない。

「ごめんよく分かんないけど、紫音待たせると怒られるからもう行くね！　また明日ね！」

「はーい、バイバーイ」

　まずい、話してたらもう結構時間が経ってしまった！私はふたりに手を振って教室から出た。

　　　　　　○

　人を掻き分けて普段生徒があまり入ることがない資料室へ着いた。

　少し息を切らしながらドアを開けると、紫音が窓際に立って不機嫌そうにしている。

　そんな彼に、私はすぐに両手をパンッと合わせて謝った。

「遅れてごめん！　話って何？　ていうか、なんで家じゃなくてわざわざ学校で……」

「もうお前の部屋に入れないから」

「え？　どういうこと……？」

　何やら紫音はやたらと真剣な顔をしている。

　窓際に向かい合うように立ったまま、紫音は突然私の手を握った。

　その瞬間、なんだかピリッと電流が走るような感覚がした。

　小さい頃から何度か手を繋いだことはあったけれど、こんな感覚は初めてだ。

「電流が走ったみたいだっただろ？」

「う、うん……。何これ、静電気？」

「オメガとアルファが手を繋ぐと、電流が走ったみたいな

感覚がする。保健の授業で習ったよな」

「確かにそんなことが小テストにあったような……」

　……ん？　私はベータなのに、どうして今ピリッとしたんだろう。おかしい。

　しばらく固まっていると、紫音は少し呆れた顔をして「まだ自覚なしか」とため息を吐く。

「お前は、ベータじゃなくて変化型のオメガだ」

「え……？」

「つまり、いつか俺がお前を襲う可能性が高い」

　……私がオメガ？　思考、停止……。

「ま、まま待って！　私は絶対ベータだよ、血液検査もしてるし……」

　私がオメガになるだなんて、そんなこと今まで一度も考えたことがない！

　確かにこの前十七歳になったばかりで、変化型のオメガになるかどうかの境目を通り過ぎたけれど、そんなに変わったことは……。

　否定するためにぐるぐると思考を巡らせてみるけれど、キスをした瞬間の甘い痺れや、友人たちの言動、さっき手を握った時の感覚など、どう考えても心当たりが多すぎることに気づいた。

　それに、紫音のこの真剣な顔。嘘じゃないことは明確だ。信じられないけど、認めるしかない。

　わ、私、オメガだったの……？

「いいか。よく聞け。千帆はテキトーに勉強してたかもし

れないから一応言っておくけど、これから三カ月に一度ヒートと言われる発情期が一週間ほどくる。その間絶対学校に来るな」

「は、は、発情期って……！」

　なんだか刺激的なワードが出たことに思わず恥ずかしくなったが、紫音は躊躇わずにスラスラと説明を続ける。

「発情期には、"番"を持たないアルファだけじゃなく、その辺にいるベータすら惑わす強力なフェロモンが出てる。だから誰にも会うな」

「え！　その間、ラーメンも食べに行っちゃダメなの!?　ラーメンだけじゃなく、発情期にフォーティーワンで期間限定のアイスが出たらどうすれば……!?」

「発情期を回避する方法はある」

　ラーメンやアイスの単語を出した瞬間、紫音の目が一度死んだ魚みたいになり、思い切りスルーされた。

　誰もいない教室に静寂が流れ、私は固唾を飲んで彼の言葉を待つ。

「発情しないようにする方法はただひとつ。"番"をつくること」

「つ、番って……？」

「アルファとオメガの契約関係みたいなもんだ。本能的な繋がりだから、恋人や夫婦関係以上にその威力は強く、死ぬまで解消できないとされている」

「し、死ぬまで……!?」

　ていうことは、死ぬまでその人と一緒にいなければいけ

ないということ……？

　この年で信頼できるパートナーを見つけないと私はずっと発情しっぱなしってこと!?

　食べ物の心配をしている場合ではなかった。オメガの人生、ハードモードすぎない……？

　途方に暮れ、私は思わずその場に頭を抱えてしゃがみ込む。そんな重すぎる契約引き受けてくれる人、全然思い当たらないよ……！

　かおりんには溺愛している彼氏がいるし、タケゾーは自分のことしか愛さないし……。あれっ、ていうかそもそもふたりはベータだから番にはなれないのか！

　うーんうーんとうなっていると、紫音がスッとしゃがみ込んで、私の髪の毛を片手で掻き上げ、顔を覗き込んできた。

　少しつり目がちな、でも恐ろしく形の整った綺麗な瞳と視線が重なり、また甘い痺れが体に走る。

　ドキンドキンと胸が高鳴るのを感じながら、彼の言葉を待った。

　ずっと考えないようにしていたのに……あの日のキスをうっかり思い出してしまい、心臓がうるさくなる。

「俺と"番"になる？　千帆」

「え……？」

「本当はこんな形で、言いたくなかったけど」

　大胆な提案をしておきながら、少し切なそうな顔をする紫音。

　確かに、私の身の回りには、アルファの人間は紫音しか
いない。

　きっと、幼なじみのよしみでいやいや言っていてくれて
いるんだろう。だって、すごく苦しくて切なそうな顔、し
てるんだもん。

　言いたくなかったって、言われているし。

　もしかしたら、紫音には番にしたいと思うような、好き
な子がいたのかな。

　そう思った瞬間、ズキッと胸が痛くなった。電流が走る
ような痛みとは違い、もっとズシンと心の内に入ってくる
ような、そんな痛み。

　紫音に好きな人がいるのに、死ぬまで契約して、だなん
て、言えないよ。

「しない。紫音とは番にならない」

「は……？」

「が、頑張って見つける！　私の番になってくれそうな人。
紫音もそんな、幼なじみのよしみだからって、同情してく
れなくていいよ」

　そう言うと、紫音はなぜか獣みたいな瞳に変わって、私
の手首を掴んだ。

　急に顔が接近して、紫音のサラサラとした前髪がおでこ
に触れる。

　フェロモンの作用なのかなんなのか分からないけれど、
心臓が爆発したみたいに高鳴っている。

「ダメだ。千帆の番には、俺がなる」

「な、なんで……」

「言ってなかったけど、十回キスしたら強制的に番になれるらしいよ」

「えっ、待って紫音……んっ」

　問いかける前に、無理矢理唇を塞がれた。

　また甘い痺れが脳まで到達して、体に力が入らなくなっていく。

　慌てて紫音の体をドンドン叩いて体を離したけれど、色気のある視線で私のことを射貫いてくる。

　そして、恐ろしく艶っぽい声でこう囁いたのだ。

「あと八回」

　ゾクリと全身が粟立ち、思考が停止していく。

　これが、アルファとオメガの関係性なの？　全部フェロモンのせいなの？

　それとも相手が、紫音だから？

　分からない。全然分からなくて、怖いよ。なのに、紫音ともっと触れたいと思っている自分がいる。

　そんなことを考えている間に、ふたたび何度も唇を奪われる。

「あと三回。隙ありすぎじゃない？」

「なっ、だって紫音が、力強くてっ……んんっ」

「あと二回」

　そう言うと、紫音はあと一回を残して、私から離れた。

　とんでもない紫音のフェロモンがこの教室中に溢れか

えっている。もしかしたら、今ドアの前を通り過ぎた人は
倒れているのではないだろうかと思うほど。

　息を乱しながら紫音の顔を見つめていると、スッと唇を
親指で撫でられる。

「最後の一回は、千帆からして」

「へっ……？」

「待ってるから」

　そう言い残すと、紫音は座り込んでいる私を立ち上がら
せてくれて、そのまま先に教室から出て行ってしまった。

　私は、いまだ落ち着かない騒がしい心臓を押さえながら、
幼なじみという関係性を一瞬で壊していった紫音の後ろ姿
を、ただ茫然と見つめることしかできなかった。

「ど、どうすればいいの……っ？」

　熱くなった顔を手で冷やして、なんとか冷静になれるよ
うギュッと目をつむった。

番になる？

　私がオメガになったからって、いったい何が変わるというんだろう。

　紫音は色んなことを心配しているみたいだったけど、そんなに気をつけなくちゃダメ？　今までみたいに一緒にいちゃダメ？

　私は私なのに……。モヤッとした気持ちを抱えながら帰宅し、私は自分の部屋のベッドに横になっていた。

　ふと、紫音に言われた言葉が 蘇(よみがえ) ってくる。

『ダメだ。千帆の番には、俺がなる』

　あの時の紫音は、とても真剣な顔をしていた。ほとんど怒っているような顔。

　好きな人、いるんじゃないの？

　ただの幼なじみのよしみで言ってないの？

　どうして無理矢理キスをして強引にでも番になろうとしたの？

「無理矢理キス……」

　何度もキスをされたことを思い出し、ボッと火がついたように顔が熱くなっていく。

　どうして紫音は、言葉で説明する前に行動で示してくるんだ！

　そんなの、少し横暴(おうぼう)すぎるよ！

「紫音のバカ！」

　ドアに向かって枕を投げると、丁度部屋に入ってきた顔にそれが当たってしまった。

「ねーちゃん、喧嘩売ってんの？」

　そこには、オレンジ色のフーディーを着た、生意気な顔をした中一の弟、拓馬がいた。

　彼は枕が当たった顔を押さえながら、こっちを睨みつけている。

「あれっ、拓馬、ナイスタイミングすぎ……」

「はー、ガサツすぎまじゴリラ。餌用意できたから下りてこいよ」

「わ、分かったゴリ……」

　姉を毎度ゴリラ扱いしてくる弟は、思い切り呆れた視線を放ち、先に下へとおりて行く。

　家族は私がオメガだって知ったら、どう思うんだろう。

　誰も私の誕生日にその可能性を心配してこなかったけど……。

　きっとちゃんと説明しておくべきだろう。そう決心し、私も一階へと向かう。

「千帆、何度呼んでも返事しないんだから先に食べちゃってるわよ」

「ごめんお母さん！　ちょっと考え事してて気づけなかったのかも」

「千帆が考え事ぉ～？」

　私の言葉に、父も母も弟も口を揃えて聞き返してきた。

　私に悩みがあるのがそんなにおかしいとでも……!?

　どうせ大したことない悩みだろうというように、母は綺麗なロングヘアを掻き上げ、父に料理を取り分けている。
「唐揚げ食べながら聞くから母さんたちに話してみなさい」
「娘の悩み、超片手間に聞くじゃん……」
「で？　何に悩んでるの？」
　母にそう迫られて、私はごくりと唾を飲み込む。家族にどんな反応をされるかまったく想像がつかないが、私は意を決して口を開いた。
「私……、オメガになっちゃったみたいなんだけど……」
「え!?」
　また三人の声が一緒に重なる。
　お父さんは漫画みたいに眼鏡をずり落ちさせて、まん丸の瞳でこっちを見ている。
　弟も母も取ろうとした唐揚げをお皿の上に落として、口をあんぐりと開けている。
　や、やっぱりそんなに驚かれるようなこと……？
「それは確かなことなのか……？」
「うん、多分……。症状がいくつも該当して……」
　父の問いかけにこくんと頷くと、空気がふたたびしーんと静まり返る。
　え、そんなに？　そんなに大きなこと？
　固まった空気の中、口火を切ったのは弟の拓馬だった。
「じゃあもう、本当に紫音さんと結婚じゃん……」
　え？　何、なんて？
　拓真の言葉を理解できないでいると、母と父も騒ぎ出す。

「ま、まさか本当に紫音君と約束したことが起こるなんて！
あなた、赤飯今から炊こうかしら？」

「あ、ああそうだな……。あの伊集院家の息子さんと、婚
約関係を結ぶことになるわけだしな……」

　何を言ってるのかさっぱり分からない。

　私が紫音と結婚？　なんで？

　ひとりで頭の上に疑問符を並べまくっていると、母親が
「実はね」とようやく説明してくれた。

「もし千帆がオメガに変化したら、千帆を俺にくださいっ
て、昔から紫音君に言われてたのよ」

「は……!?」

「最初は子供の可愛い夢だと思って流してたんだけど、伊
集院の奥様とも話してたら、"千帆ちゃんみたいな子が番
になってくれたらこっちも安心だわ"って言われてね。
"じゃあその時は本当に婚約しましょうか"なんて両家で
ふわっと話してて……」

「私のいない場で勝手に!?」

「勝手じゃないわよ。紫音君のこと好き？って意思確認し
たら、好きって言ってたじゃない」

「それ何歳の時の話!?」

　あまりに勝手な言い分に、私は全力でツッコミを入れる。

　すると、家族は全員「まあ確かに」と、さっきのノリと
は変わって、少し落ち着きを取り戻してくれた。

「まあ、婚約の話はただの口約束だから。すまない、少し
ふざけすぎた。どうするかは千帆が決めなさい。父さんは

千帆が楽しく生きられるならなんだっていいから」

　父親はずり落ちた眼鏡をしっかりかけ直して、冷静に提案してくる。

「う、うん……」

「母さん、来週病院に千帆と一緒に行ってやってくれないか。もらっておくべき薬があるかもしれない」

　な、なんだ。半分はジョークだったのか。

　家族全員で悪ノリをしていただけならよかったけれど、半分本気で浮かれていたように見えたような……？

　お母さんも振り乱した髪を整えて、お父さんの言葉に真剣に相槌を打っている。

　弟だけはあからさまにガッカリした顔で「セレブの仲間入りだと思ったのに」と悪態を吐いている。

　紫音が陰でそんなことを言っていただなんて……。

　不思議に思い、思わず本音が口から溢れ出てしまう。

「なんで紫音は、私の番なんかになろうとしてくれるのかな……？　ボランティア？」

　そう言うと、家族全員、呆れた目で私のことをじーっと見つめてきた。

　母親は「どこまで鈍感なの」と、呆れを通り越して不安そうな顔をしている。

　私はふたたび頭の上に疑問符をたくさん並べながら、家族の反応に戸惑っていた。

「鈍感ゴリラ」

　拓馬がぼそっと隣でそう呟いたので、ひとまずグーでパ

ンチしておいた。悪口を言われたことだけは分かる。

　ひとまず家族への大事なカミングアウトはこれにて無事終了……したのか？

　　　　　○

　次の朝。紫音はやっぱり朝起こしにきてくれなかった。

　私はまたあわただしく階段を駆け下り、高速で支度（したく）をして、走って駅へと向かう。

　口うるさく紫音が起こしにきてくれる "日常" がなくなってしまったことに、なぜかちくりと胸が痛む。

　まあ、学校に行けばすぐに会えるんだけど……。どこにいるかも嫌というほどすぐ分かるし……。

「紫音様〜！　今日もちゃんと息してる、すごい、天才、ありがたい……」

「美しすぎて無理……。どの角度から見ても国宝級……」

「あの女ちょっと近くない？　ロケットランチャーで吹っ飛ばしたいわ」

　あ、今紫音に近づいたら私、ロケットランチャーで吹っ飛ばされるんだ……。怖……。

　紫音が校門付近にいることは秒で分かったけれど、どう考えても今彼に近寄ることは得策（とくさく）ではない。

　私は気配を消してこっそり通りすぎようとした。婚約の話を聞いたせいでなんかちょっとだけ気まずいし、目も合わせづらい……。

しかし、昇降口（しょうこうぐち）に入ったところで、がしっと腕を誰かに掴まれる。

嫌な予感を抱きつつ振り返ると、そこにはキラキラのオーラを纏（まと）った紫音がいた。

「お、は、よ、う」

「お、おはよう……ございます……」

嫌みったらしく一音一音アクセントをつけて挨拶をされたので、私は細い声で挨拶を返す。

うう、生徒たちの視線が痛いよぉ……。

教室だったら、クラスメイトたち全員、私が紫音の幼なじみだと知っているから、話しやすいんだけれども……。

「で？　番になる覚悟は決まった？」

「またその話！　ていうかちょっと近いよっ、私の命が危険だから離れてっ」

下駄箱に片手で軽く壁ドンされるような形で、紫音が迫ってくる。

紫音がいるので私に対する悪口は聞こえてこないが、『殺』という物騒（ぶっそう）な一文字が生徒たちから浮かび上がって見える。

そんなプレッシャーに耐（た）えながらも、私は彼にあることを確認しようと決めた。

「紫音、お母さんたちにもし私がオメガになるようなことがあったら婚約するって言ってたの、本当？」

「ああ、そんなことも言ってたな。万が一の保険かけるために」

「保険って……！　私の知らないところで勝手に……」

「番になることと結婚はほぼ同義だし、オメガにとって番は絶対必要な契約だ。千帆にテキトーなやつと番になられたら困るから」

　なんでそんな、義務的な感じで言うんだろう。

　それに、ただの幼なじみの紫音に、そこまで責任を背負ってもらう必要もない。

　なんだか少しムキになった私は、つい本音を口にしてしまった。

「し、紫音はなんでそんなに焦るの？　おかしいよっ、今まで通りの私たちでいたら何がダメなの？」

「他のアルファやベータが千帆のこと襲ったら困るからに決まってんだろ」

「襲われないよっ、私そんなフェロモンなんか出てないし、セクシーな美女でもないし、紫音ここ最近ずっと変だよ！」

「千帆危機感なさすぎ。いい加減オメガの体質と向き合えよ」

　いきなりキスしてきたり、幼なじみじゃないって言ってきたり、番になれって迫ってきたり、こんな形で言いたくなかったって切なそうにしたり……。

　いつもの紫音じゃないなら、私はどうしたらいい？

　私はずっと、紫音と今まで通りに、一緒にいられたらそれでいいのに。

　"番"という関係性にならないと、私は紫音のそばにいちゃいけないの？

　そんな義務的な関係、嫌だよ。私は、紫音とそんな関係になりたくない。

　もっと自然な気持ちで、そばにいたいんだよ。

　だって紫音は、すごくすごく大切な人だから。

　分かってもらえないことが悔しくて、じわーっと目頭が熱くなってきた。

　紫音のバカ。紫音のハゲ。紫音のアホ。

「紫音の分からずやっ……」

「は？　千帆、何泣いて……」

「大っ嫌い！」

　そう一言言い放つと、私は脱兎の如く校舎の中へと超スピードで向かった。

　紫音はフリーズしてその場に固まっているように見えたけど、そんなこともう知らない。

　紫音と教室で会いたくないから、一限はサボってやる！

　そう心に決めて、私は人がいなそうな空き教室を探して回った。

　チャイムが鳴り、生徒はぞろぞろと自分たちの教室へと向かっていくが、私は逆走。

　涙をこれ以上流さないように乱暴に腕で拭うと、私は校舎の奥にある空き教室に入った。

「ふぅ、ここなら人はいないはず……」

「おい、誰だ入ってきたのは」

　え？

　誰もいないと思い入った教室には、数人のヤンキーじみ

た生徒が黒いオーラを出してたむろしていた。

　この学校では珍しい、全員絵に描いたような金髪のヤンキー三人が、急に教室に入ってきた私をじろっと睨みつけている。

　こ、怖……。眉毛もない……！

「す、すす、みません完全に入る部屋間違えました。失礼しました……」

　笑って誤魔化してその場から逃げようとしたけれど、ヤンキーのひとりにドアを押さえつけられてしまった。

　あれ、やっぱり誤魔化せてないですか？

　ここもしや、アジト的なところでした？

　すぐ出ていくので許してください！

　心の中で半泣き状態のまま、私は全力で頭を下げる。

「ごめんなさい！　許してください！　もう二度とこの教室に来ません記憶から消します！」

「君、一年生？　よく見たら可愛いねぇ～。少し俺たちと遊ぼうよ」

「いや、えっと……！」

「てかなんか、色気すごくない？　近寄ると変な気分になってくるっていうか……」

　するっと、ひとりのヤンキーが私の髪の毛に顔を近づけて匂いを嗅いできた。

　ぎゃー！　気持ち悪いよー！

　心の中で叫びながらも、この状況を回避する方法を必死に探す。

　色気がどうのって言ってたけど、もしかしてこれもオメガの特性なの……？

『他のアルファやベータが千帆のこと襲ったら困るからに決まってんだろ』

　紫音はこんな状況になることを心配して、番になると言ってくれていたの……？

「ちゃんと顔見せろよ。いつまでも頭下げてないでさ」

「い、いやっ……」

「待って、本当に可愛いね、君」

　明らかに興奮状態になっているヤンキー達を前に、みるみるうちに体温が下がっていく。

　どうしよう、紫音。さっき大嫌いって言った手前、助けてなんて呼べないよ。

　紫音に触られるのと、この人たちに触られるのとでは、全然違う。

　私、紫音にキスされたり、抱きしめられたりするの、本当は――嫌じゃなかったんだよ。

　幼なじみという関係を壊されるみたいで、それが怖いだけだったんだ。

　紫音の本当の気持ちを聞かずに、分からないって、逃げてばっかりで。

　こんなんじゃ、幼なじみ失格だよ――。

　紫音、大嫌いなんて言ってごめんね。

　床に押し倒されたその時、ガシャン！というものすごい音が教室中に響いた。

「な、なんだ……!?」

　とんでもない力で教室のドアが開き、ヤンキーも驚いた様子で入り口を見ている。

　いつのまにかドアは机で封鎖されていたというのに、その机ごと吹っ飛ばされていた。

　ただならぬオーラで教室に入ってきたその人物は、机を持ったままスタスタとこちらに歩み寄ってきて、それを私の上に覆い被さっていた不良に思い切りぶつけるふりをして、ピタッと止めた。

「すぐに離れろ。次は本気でぶつける」

「ひ、ひいっ……!　アルファがなんでここに……!」

　目の前の人が怯えながら瞬時に私からどくと、助けに来てくれた人の顔がようやく見える。

　そこには、鬼みたいな顔をした、本気でキレている紫音がいた。

　いつのまにか涙目になっていた私とバチッと目が合うと、紫音はますます恐ろしい顔つきになり、逃げようとしたヤンキーの胸倉を掴む。

「気が変わった。やっぱり殺す」

　紫音は一言そう言うと、ヤンキーに馬乗りになってバキッ!と思い切り殴った。

　鈍い音が教室内に響くと、他のヤンキーふたりは紫音のその狂気な姿を見て一目散に逃げ出す。

　止められるのは私だけという状況になってしまったので、私は慌てて紫音の腕に抱きついた。

「やめて紫音！　私は大丈夫だから！」

　動きが止まった瞬間、ヤンキーはゴキブリみたいにかさかさと這いずり教室を出て、逃げていってしまった。

　な、なんていう逃げ足の速さだ……！

　さっきまであんなにオラオラしたオーラを出していたのに、紫音を目の前にした瞬間チワワみたいに小さくなっていた。

　ヤンキーの威厳もアルファを前にしたら歯が立たないのだろうか。

　茫然として紫音を見つめていると、紫音がそっと私の頬に優しく触れてきた。

「どこ触られた？」

「えっ……、全然、手首とか髪しか触られてないよ」

「少し震えてる」

　私の手首を掴んだ紫音が、切なそうな顔で私のことを見つめている。

　私、さっき紫音に向かって大嫌いなんて言ったのに、彼はすぐに助けに来てくれたどころか、今本気で私のことを心配してくれている。

　なぜか胸の奥から喉にかけてキューッと苦しくなる感覚がして、心臓がドキドキと高鳴り出す。

　これもフェロモンの作用？

　それとも、紫音だからこんなに心臓がうるさくなってるの？

　紫音はただの幼なじみなのに、こんなにドキドキしてい

いのかな。

「……紫音、助けてくれてありがとう」

「うん」

「さっき、大嫌いなんて言ってごめんね」

「いいよ、そんなことどうだって」

千帆が無事なら、と言葉を付け足して、紫音がホッと安堵のため息を吐きながら、私の体を片手で抱き寄せる。

あ、やっぱり、紫音に触られるのは、全然嫌じゃない。

嫌じゃないどころか、ドキドキするのに、落ち着く。不思議だ。

またキューッと胸が苦しくなるのを感じたので、紫音の気持ちも確かめたくて、初めて自ら抱きついてみた。

「千帆……?」

「紫音の心臓も、ドキドキしてる」

「そりゃそうだろ。好きな女とこんな密着したら」

「えっ！ 好きな女って……あれ？」

「なんだその反応」

あれ？ 紫音には好きな子が他にいるのかもしれないって思っていたけれど、そうじゃなかったのかな？

文脈を間違っていなければ、好きな子は私ということ？

あれ、本当に？ 告白ってこんなにサラッとしてるもの？

ぽかんとした顔で紫音の顔を見つめると、彼は完全に呆れ返った顔をしている。

「え……、何、もしかして今のでようやく気づいたの？」

「だ、だって紫音、私と番になるって言った時、すごく切なそうな顔してたから、他に好きな子がいるもんだと思って……」

「なんでそういう時だけ俺の感情に敏感なわけ？　意味分かんない」

　紫音はハーッと大きなため息を吐いている。

　紫音が、私のことを恋愛の意味で好き……。

　今更紫音の気持ちをちゃんと理解したせいで、一気に心臓がドキドキしてきた。

　じゃあ、なんであの時あんなに切なそうな顔をしていたんだろう……？

「そりゃ切ないに決まってるでしょ。フェロモンのせいで千帆に好かれたって意味ないんだから」

「え……」

「言っとくけど、俺が千帆を好きな気持ちは、千帆が想像する以上に重いよ。ずっと前から」

「お、重いって……？」

「まあでも、この際いいよ。俺以外の誰かが千帆を守ることなんて許せないし。千帆にはちゃんと自然に好きになってほしいと思ってたけど」

　少し残念そうに、紫音はそう言った。それから、「焦って無理矢理キスしてごめん」とも。

　紫音の本音をようやく聞けて、私はすごく嬉しかった。だって、彼と同じ気持ちだってことがようやく分かったから。

　私はずっと、紫音と今まで通り一緒にいられたらそれで
いいと思っていた。

　"番"という関係性にならないと、紫音のそばにいちゃ
いけないみたいに感じて、悲しかった。

　そんな義務的な関係、嫌だって。私は、紫音とそんな関
係になりたくないんだって。

　もっと自然な気持ちで、そばにいたいのにって、そう思っ
ていた。

　紫音も同じだったんだ。だからあの時、切なそうにして
いたんだね。

「し、紫音」

「ん？」

「私が今紫音にドキドキしてるのは、フェロモンのせいな
んかじゃないよ……っ」

　――昂る気持ちをぶつけるように、私は紫音に下手くそ
なキスをした。

　ものすごく勇気がいったけれど、これ以上的確に気持ち
を伝える方法が見つからなかった。

　チュッという音が教室に小さく響く。

　これでキスは十回目。

　私は、紫音とだから、"番"になりたいって、思ったんだ。

　心臓がバクンバクンと破裂しそうなくらい高鳴ってい
る。

　紫音は目をまん丸く見開いて、私を見つめたまま固まっ
ている。

「こ、これで番になったんだよね……？」

「は……？」

「番になっても、ならなくても、私が紫音と一緒にいたい気持ちは変わらないよ」

「千帆……」

「わ、私本当は、紫音にキスされるのも、番になろうって言われたのも、嫌じゃなかった……」

　顔を赤くしながら、羞恥心マックスの状態で早口でそう伝えると、紫音は脱力したように私の肩に額を預ける。

「何それ、お前、ずる……」

　そんなことを小声で呟いて、ふたたび私の体をギューッと力強く抱きしめる。

　私も幸せな気持ちのまま、紫音の背中に手を回した。

　私たち、これで番になったんだ。じわーっと実感が湧いてきた時、紫音は信じられない言葉を言ってのけた。

「まさか嘘がこんなに効くとは」

「え、嘘って何が？」

「キス十回で番になれるわけねぇだろ」

「……え？」

　ん？　どういうこと!?

　私はガバッと紫音から離れて、すぐさま問いかける。

「えっ、なんでそんな嘘吐いたの!?」

「お前があまりに鈍感すぎて危機感もないから、番のことちゃんと意識させようと思って」

「なっ、何それ！　ひどい！」

「お前が保健体育でバース性に関する勉強をサボってなければ騙されなかっただけの話だ」

　冷静にそう言われて、私はガーンという効果音が出てしまいそうなほど、ショックを受けた。

　自分からキスするの、ものすごく勇気がいったのに！

　ていうか、じゃあキスされた意味は全然なかったってこと!?

　色々紫音に踊らされていたことに気づき、だんだん悔しくなってきた私はポカッと紫音の頭を叩いた。

　しかし紫音は、そんな私の手首を掴んで、チュッと軽いキスをし返してくる。

「ま、またっ……！」

「俺とのキス、嫌じゃないんだろ？」

　ニヤッと余裕の笑みを浮かべて私を見つめている紫音に、ドキドキしてしまっている自分がいる。

　何枚も上手な紫音に転がされることは癪だけれど、体は正直だ。一気に心拍数が上がる。

　ひとりで焦っていることが恥ずかしくて、私は強い口調で紫音にあることを提案する。

「じ、じゃあっ、番になる本当の方法、教えてよ！　今すぐ番になろう！」

「今すぐって……」

「えっ、なんか変？」

「お前それほとんど逆プロポーズしてるようなもんだぞ」

　覚悟を決めたこの勢いで番になってしまおうと思ったの

だけれど、なぜか紫音は少し呆れた顔をしている。

　私そんなに変なこと言っちゃったのかな……？

　紫音のことをじーっと見つめていると、髪の毛をくしゃっと乱暴に撫でられた。

「契約関係結ぶことがどのくらいの重さなのかちゃんと分かってんのか？」

「え、契約するの嫌になったの？」

「そうじゃなくて。千帆があまりに能天気すぎて不安になってきた。あと、そもそも番になるのは、結婚するよりも重いことだから、俺が十八歳になるまで番にはなれないよ」

「あっ、そうなんだ」

「そうなんだって、そんな軽々しく……。俺と家族になるってこと、ちゃんと分かってる？」

「もちろん。じゃあ、来年まで待ってるね」

　笑顔でそう返すと、紫音は珍しく顔をカーッと赤く染めて、固まった。

　突然のことに驚き、ただただ困惑した顔でそんな紫音のことを見つめていると、彼は私の唇を指でなぞった。

「今の笑顔はずるい」

「ずるいって何が？」

「俺と番になること、もう撤回できないから」

　疑問を何ひとつ解決されないまま、色気たっぷりにそう宣言された。

　ひとまず、私たち、幼なじみから、番（仮）の関係になったようです。

　紫音がアルファでもベータでもオメガでも、きっと私は
紫音に敵わないだろう、なんて頭の片隅で思いながら、そっ
と胸に頭を預けてみる。
「ほんと手のかかる幼なじみ」
　私を抱きしめながら、紫音はやっぱり呆れたように、で
もどこか嬉しそうに、そう呟いたのだった。

第二章

番候補になりました

「番になるには、お互いが十八歳以上になった時に、相手のうなじを嚙むこと……」

　自分がオメガだと分かってから一カ月が経った。

　オメガに関する教材を引っ張り出して勉強し直せと言われたので、私はあれから週に一度、保健体育の教科書を自室で音読している。

　その様子を紫音は隣でとっても怖い顔で見ていて、「三十分後に小テストな」とまで言ってきた。

　しかも、満点を取れなかったらフォーティーワンのアイスクリームのポイントカードを破棄するとまで言われた。

　鬼すぎる。私の唯一の楽しみを奪おうとするなんて、そんなひどい仕打ちある……？

「番になるとオメガは発情しなくなり、普通の日常を過ごせるようになる。一度番になると死ぬまでその契約を終わらせることはできず、オメガとアルファは血よりも濃い関係となる。なんか文字で読むと怖い……」

「千帆、ちゃんと勉強しろ。身の危険を守るためなんだからな」

「分かってるってばー。えーと、オメガは発情期には、アルファを激しく誘惑するようなフェロモンを出す。それを誘惑香と言う。その効力は大きく、ベータすら惑わす力もあるので、発情期での単独行動は危険である。そのため、

オメガには発情抑制剤が、アルファには性欲抑制剤が国から支給されることになっている。……はい音読終わり！」

「心がこもってない、もう一周」

「これ国語の教科書じゃないんだけど！」

　スパルタすぎる紫音の言葉に全力で突っ込んで、私は教科書を投げ捨ててベッドにダイブした。

　学校から帰って疲れてるというのに、こんなスパルタ教育が待ってるなんて聞いてないよ。

　紫音はベッドの上で足をバタバタさせている私を呆れた目で見ている。というか、紫音が私を見ている時はだいたい呆れている。

「千帆、俺以外のアルファの前でそんな無防備に横になるなよな」

「もー、あれもダメこれもダメって、紫音はおかんか！」

「千帆の母親、超放任主義だからそんなこと言わないだろ」

「確かに」

　的確なツッコミをされてしまいぐっと黙り込むと、紫音が私が投げた教科書を拾って机に置いた。

　そして、ベッドに寝転がっている私のそばにやってきて、ギシッとスプリングを軋ませる。

　紫音に上から見おろされる形になった。相変わらず恐ろしいほど綺麗な顔だ。サラッとした黒髪が涼しげな目元を少し隠している。

　私は紫音の前髪を指で退けて、さっき習ったことを問いかけてみた。

「誘惑香……感じる？」

「感じない。お互い抑制剤も飲んでるし、千帆はまだ発情期じゃないだろ」

「そっか。じゃあなんで、誕生日にはクラクラしたんだろう？」

「オメガに目覚めた日は、発情期と近い状態にある。教科書三十四ページに書いてある」

「なんでページ数まで覚えてんの？」

　相変わらず紫音は恐ろしいほど記憶力がいいから、下手なことを言えない。

「フェロモンとか関係なしに、今普通に千帆に欲情してる」

「えっ、急すぎない？」

「ていうか俺、そもそも千帆にしか欲情しないから」

　そう言って、紫音は私の首に顔を埋めて覆い被さってきた。

　紫音の体温が薄い夏用のシャツ越しに伝わってきて、ドクンドクンと心音が混ざり合っていく。

　おかしいな。今は薬も飲んで、しかも平常時だというのに、なぜかドキドキが止まらない。

　こんな時に限って、自らキスしたことを思い出してしまい、ぼっと一気に顔が熱くなった。

「し、紫音、暑いよ、離れて」

「一日でも早く千帆を番にしたい」

「そんな焦らなくたって、私の番は紫音しかいないよ」

　思ったことをそのまま言うと、紫音がピタッと動きを止

めた。

それから、私の顔を間近で見つめて、チュッと額にキス
をしてくる。

ドキッとしながら顔を上げると、なぜか紫音も頬を赤ら
めて余裕のなさそうな顔をしていた。

「千帆はなんでそういう爆弾、急に落としてくるかな」

「爆弾……？」

「もはや試されてる気さえしてきた」

　愚痴るようにそうこぼす紫音。

　私はその真意が分からないまま、上に覆い被さっている
紫音の顔を見つめる。

　紫音はまた深いため息を吐いて、「耐える自信ねーよ」
と力なく呟いてから、また私の首に顔を埋めたのだった。

　　　　　○

　その日、学校に着くと、クラスはなぜかざわついていた。
主に女子が、何かひとつの話題で騒ぎ立てている様子だっ
た。

　しかし、紫音と一緒に教室に入ると、水を打ったように
しーんと静まり返る。

　その代わり、刺すような視線が私のことを射貫いていた。

　こ、これは、明らかな敵意……。

　ぼうっとしてる私でも、さすがに気づくレベルの……。

　教室の入り口で固まっていると、紫音は何か心当たりが

あるのか、納得したように「ああ」と小さく声をあげた。

「ちょっと紫音、この空気はいったい……」

「紫音様！　番の契約を結ぶ人が決まったというのは本当ですか！」

　私が紫音に問いかける前に、猪(いのしし)の如く突進してきた女生徒が、紫音に涙目で訴えかけた。

　なぜその情報が公(おおやけ)に……？

　驚き紫音を見ると、「番を見つけたら学校に一応報告が必要なんだ。国に報告が義務付けられてるから」と、あっさりと答えられた。

　そうだったのか、知らなかった……！

　ということは、相手が私ということも学校中に知られてしまう可能性も……？

　いや、それだけは絶対に回避(かいひ)しないと平穏な学園生活が終わる……！

「お相手はどこの御令嬢なんですか？　紫音様！」

　ご、御令嬢縛りやめてー！　私はただのしがない花屋の娘だから！　何もかも並の人間だから！　お金持ち学校のこの高校に入れたのも、校長と父親が昔から仲がよかったからというだけだし……！

　絶対私だと答えないでね、紫音……！

　目で念力を送ると、紫音は私の顔をチラッと見てから、教室内に響く声の大きさで「面倒だから伝えておく」と宣言する。

　それから、私の腰にぐいっと手を回して、体を強引に抱

き寄せた。

「俺の番候補は花山千帆だ」

「は……」

　紫音の発言に、教室内は一気にざわついた。

　な、な、なんで言っちゃうのー!?

　私は心の中で号泣しながら、顔を青ざめさせる。

　しかし、クラス内の生徒は、私以上に顔を青ざめさせて、床に倒れ込んでいる人もいる。

「し、紫音様、なんでこんなど庶民の幼なじみと……。まだどこかの大企業の娘さんだったら諦められたのに……。まさか、花山さんはオメガとか……？」

　ハッとしたように、嘆いていた女生徒が私の顔を見つめてくる。

　大きな目に見つめられて思わずビクッと肩を震わせると、紫音が優しく私の肩を撫で、周囲に冷たい声で言い放つ。

「千帆はオメガだ。だから、千帆に変な気を起こして問題を起こす生徒がいたら……社会的につぶす」

　紫音の言葉に、教室内はさっき以上にざわつき出した。いずれバレることだったけれど、このタイミングで知らせたこともあり、動揺の波紋は大きく広がっていく。

　タケゾーもかおりんも、口をあんぐりと開けて驚いているのが見えた。

　そんなこんなで、朝からとんでもない空気感の中、一日のスタートを切ることになった。

○

　お昼休みになると、速攻でタケゾーとかおりんに屋上へと連れ出された。

　タケゾーとかおりんには直接伝えようと思っていたのに、あんな形で知らせることになってしまい申し訳ないと思っていたけれど、ふたりはお弁当そっちのけで、キラキラした目を私に向ける。

「ちょっと千帆！　やっぱり紫音様と付き合ってたんだね！　末永く私たちとも仲良くしてね！」

「今度紫音様の寝顔の写真撮れたらちょうだい。僕待ち受けにするから」

「千帆がオメガだったのも驚きだけど、そんなことより私たちは紫音様の番候補の友達ってことを誇りに思ったわ」

　斜め上すぎる第一声に、ズコーッとこけてしまいそうなほど、拍子抜けした。

　そうだった。ふたりは紫音のファン的な立ち位置であることを忘れていた……。

　何かを期待するような瞳に当てられ、私は少しだけ壁側に退く。

　かおりんとタケゾーは恍惚とした表情で紫音の素晴らしさをしばらく語ると、きゃっきゃっと楽しそうに紫音の隠し撮りの写真を見せ合っている。

　そんな、芸能人じゃあるまいし……。

　売店で売れ残っていたパンを食べながら傍観している

と、急にかおりんがキッと私を睨んできた。

「そうだ千帆、そうとなったら取り巻きに舐められないように気をつけなさいよ。オメガだったから好きになってもらえたんだって、舐めたこと陰で言われてるわよ」

「うーん、でも実際そうかもしれないしなあ……」

「そんなわけないでしょ！ 紫音様が名前覚えてるのこの学校であんたしかいないんだから！ しかも目で好きって毎日言ってるし！ 千帆は気づいてなかったけど！」

シャーッと蛇のように怒るかおりんを宥めながらも、私は今朝の紫音好きのクラスメイトたちの様子を思い出していた。

私を恨むように睨みつけていた女性陣は、紫音の熱狂的なファン？で、毎朝何か贈り物をしようとしては紫音に塩対応をされている。

紫音の度がすぎる人見知り具合にも、いい加減呆れているから、今度素っ気ない態度を取っているところを見たら注意しなくちゃ。

なんて思いながらジュースを飲んでいると、タケゾーが急に私の頬をむにっと両手で挟んだ。

「ちゃんと危機感持ちなよ？ 僕結構心配してるんだからね？ 千帆はちょっと能天気でグズでのろまで考えなしなところがあるから……」

「タケゾーほとんど悪口だよそれ」

「とにかく、取り巻きに呼びだされそうになったら、すぐに僕たちか紫音様を呼ぶこと！ OK？」

「そんな漫画みたいなことあるかなあ……」

　ぽつりとそう呟くと、「あるから言ってんの！」と声を揃えてふたりに怒鳴られた。

　ふたりが心配してくれるのはすごくありがたいけれど、さすがに取り巻きさんたちが喧嘩を売りにくるなんてことはないと思うんだけれど……。

　　　　　○

　呑気なことを思っていた数時間前の自分を呪いたくなる。

　私は今、般若のような顔をした三人の取り巻きさんたちを前に、一歩も動けない状態になっている。

　放課後自販機でジュースを買っていたところ、突然取り巻きさんたちに話しかけられ、強制的に裏庭へと引きずり込まれてしまったのだ。

　まさか、本当に漫画のような展開になるだなんて。

　かおりんとタケゾーの言うことをちゃんと聞いていたらどれほどよかったことか……。

「率直に聞くけど、あなた紫音様のこと誘惑して契約結んだんでしょう？　なんて汚らわしいど庶民のオメガ」

「フェロモンなんかで人の感情をコントロールするなんて、卑怯よ！　今すぐ紫音様の催眠を解いて」

「オメガの人間って、本当にしたたかだわ」

　言いたい放題言われながら、私はなんて答えたらこの状

況から脱することができるのか、足りない頭でぐるぐると
考えていた。

　うう、紫音が番候補を暴露したりしなければこんな状況
には……。

　最初はそう思っていたけれど、でも、この状況は少しお
かしいことに気づいた。

「あの、フェロモンで感情までコントロールされてるとした
ら、それは紫音と皆さんの関係もそうなってしまうので
は……」

　思ったことをそのまま言うと、取り巻きさんたちはカッ
と顔を赤くして、「私達の気持ちを疑うつもり!?」と言って
ビンタをしてきた。

　といっても、ぺちっという音がした程度なので大したこ
とはないし、弟との喧嘩の時の方がはるかに激しい。頬が
腫れるまで殴り合ったこともあるから。

　どうしたものかと考えながら黙っていると、ビンタをし
てきた女生徒がびくびくと震えていることに気づいた。

　もしかして、私をビンタしてしまったことに対して、罪
悪感を抱いているのだろうか。

　三人ともいかにもお嬢様な感じで、激しい喧嘩とは無縁
そうだし……。

　私は思わずビンタをしてきた人の震えている手を取っ
て、ぎゅっと握りしめた。

「あの、紫音のためなんかで、こんな慣れないことするの
やめない……？」

「なっ、なんかってあなた、紫音様のことをいったいなんだと……！」

「だってこうやって揉めても、何も解決にならないよ」

「そっ、それは……！」

「無意味なことで慣れない喧嘩することないよ。ちゃんと話そうよ」

　三人は私の言葉を受けて、気まずそうに言葉を濁して、たじろいだ。

　そのまま握りしめた手を離さずに、私は彼女達の目を見て話を続ける。

　彼女達が紫音のことを想う気持ちは、きっとものすごくまっすぐで純粋なものだと思うから、ちゃんと向き合わなきゃって思ったんだ。

「今朝紫音が言った通り、私は番の仮契約を紫音と結んだ。でも、私は、少なくとも紫音のことを、フェロモン抜きでずっと大切に思ってきたから、結んだの。それは、あなたたちと同じ気持ちだって、分かってほしい。オメガだから誘惑だけの関係だって、決めつけないでほしい」

「そっ、そんなこと言われたって……！」

「まあ、私と紫音はあくまで仮の契約だから、もし戦うなら正々堂々いこうよ。こんなことしてるの紫音に見られたら、あなたたちの好感度に関わるからきっと損しかないよ。ほら、漫画だったらこういう場面をヒーローに見られてこっぴどく叱られて終わる展開でしょ？」

　ね？と説得を試みると、三人はなぜか目をうるうるとさ

せて、今にも泣き出しそうな顔になっていた。

　ん？　それはいったいどういう反応だ？

　黙って彼女達の言葉を待っていると、ビンタをしてきた女生徒が悔しそうに涙を流し始めた。

「花山さんっていつもお腹空かせてぼうっとしてるだけかと思ってたから憎たらしくて、でも……っ、うぅうっ、なんでそんな優しいこと言うのよ〜！」

「私の印象そんな感じだったんだ!?」

「紫音様は、ほんとにいつも冷たいから、たまに心が折れそうになるわ。まあ、顔がいいから許しちゃうんだけど、ちょっと塩すぎる時もあるのよ」

「あの人ただ低血圧なだけだから、お昼食べた後とかに話しかけるといいかもよ」

「えっ、そうなの？　いつも朝一番に話しかけて撃沈して一日を終えてたわ……」

「あの目で睨まれたら怖くて固まるよね」

　うんうんと頷きながら聞いていると、取り巻きさんたちといつのまにか紫音の愚痴大会みたいなものが繰り広げられていった。

　なんだ、話せばちゃんと分かってくれる子たちでよかった。

　ずいぶん上から目線で言ってしまったけれど、でも、私は自分が思ったことをちゃんと伝えて、向き合わなきゃ失礼だと思ったから。

　勇気がいったけど、ちゃんと言葉にできてよかった。

　ホッとして笑っていると、三人は「今日のところは失礼してあげるわ」と言って、そそくさと校舎へ戻っていった。

　私はふぅと安堵のため息をもらし、裏庭に置いてあるベンチに座り込む。

　ふと顔を上げると、二階の渡り廊下の窓からこっちをじーっと見ている紫音を見つけた。

「あれ？　もしかして見てた？」

　ベンチに座ったまま少し大きい声を出して問いかけると、窓を開けて頬杖をついていた紫音はうんと頷いた。

「丁度移動しようとしたら、千帆の姿が見えたから」

　なんだ、見られてたのか。ということは後半の愚痴大会も聞かれていたということか……？

　そ、それはまずい……！　怒る時の目が死んでて怖いとか、気分屋で機嫌がよかったり悪かったり激しすぎるとか、色んな愚痴を言い合ってしまった……！

「すぐ助けようと思ったけど、千帆の能天気さにまかせた方が平和に終われそうだったからな。まあ、あの生徒たちがそんなに凶暴だとは思えなかったし」

「あれ、怒ってないの？　みんなで結構な愚痴を言ってたけど……」

「怒ってねーよ。ビンタされた時はかなり心配になったけどな。千帆、こういう時割って入られるのすごい嫌がるだろ。あ、あとで叩かれたとこは見せろよ」

　紫音は女の子に冷たいことはあるけれど、絶対に怒ったりはしない。そして、私が嫌がることをちゃんと分かって

くれている。紫音のそういう優しさは、すごく好きだ。

　確かにさっきの状況は、紫音が現れない方が事態が複雑<rt>じたい</rt>になならなくて助かったし。

　なんて思ってると、紫音が突然申し訳なさそうな声で話を続けた。

「俺がアルファなせいで、千帆のことこれからも何度か危険に巻き込むかもしれないな」

「うーん、どうなんだろうなあ……」

「そばにいたくてごめん。でも守るから」

　守るからと言い切る紫音に、不覚にも胸がキュンとなってしまった。

　さっきの取り巻きさんたちのことは、全然危険とも言えないようなレベルのトラブルだったけど、紫音はこの先私に起こりうるもっと危険なことを、心配してくれている。

　実際この前教室で襲われそうになった時は、目を血走らせて助けに来てくれた。

　多分紫音は、私に何かあったら、自分のことをまったく顧<rt>かえり</rt>みずに助けに来てしまうんだろう。

　今はどんなことが待ち受けているか分からないけど、珍しく元気がなさそうにしているので、私はポケットに入れていたあるものを紫音に向かって投げてみた。

　紫音は片手でパシッとそれを受け取る。

「何これ、飴<rt>あめ</rt>？」

「それは魔法の飴だよ」

「なんだそれ」

「それを舐めたら、紫音の中から罪悪感が消えます。アルファのせいで〜、という考えが、あっという間に消えてなくなりますっ」

　飴の説明を聞いた紫音は、きょとんとした顔で私のことを見つめている。

　もちろんそんなのただのデタラメで、飴玉はパイナップル味の普通の飴だけど、紫音に元気を分けてあげたかったんだ。

「私と紫音は対等だよ。これからもずっと」

「千帆……」

「"アルファ"の紫音じゃなくて、"紫音"がアルファの才能を持ってるんだよ。だから、難しいこと考えすぎずに、一緒にいようよ」

　そう伝えると、紫音はしばらく黙り込んでから、私があげた飴玉をパクッと口の中に放り込んだ。

　それから、私の顔をじーっと見おろして、「普通のパイナップル飴じゃん」とこぼした。まあ、そりゃそうなんですど。

　バレた？と頭を掻きながら苦笑すると、紫音はスッと優しく目を細める。それから、ぽつりと呟いたのだ。

「でも、効いてきたかも」

「本当に？　間違いなくプラシーボ効果ってやつだよそれは」

「おい、あげた本人が言うなよ」

　呆れたように突っ込みながらも、紫音は優しい目をして

いる。

　自惚れかもしれないけど、少しは元気づけてあげられたのかな？

　紫音は「じゃあな」と手を振って、飴を舐めながらその場を去っていった。

　私は紫音の後ろ姿を見ながら、彼に送った言葉を反芻してみる。

　難しいこと考えすぎずに、好きなように一緒にいたい。

　それは私が心の底から望んでいることだ。

　自分の性に振り回されずに、これからも紫音のそばにいたい。

　そのためにできることがあるなら、私はなんだってしよう。

　朝から波瀾万丈な一日だったけれど、何か大切なことに気づけた気がした。

アルファの転校生　side紫音

　千帆の呑気そうな顔を隣で見ているだけで、それだけでよかったのに。

　俺はいつしか、千帆の全部が欲しいと思うようになってしまった。

　アルファゆえの傲慢さなのか、自らの欲求なのかは分からない。

　だけど、千帆のためならなんだってできる。

　千帆のことが好きだと自覚したその瞬間、本当に心の底からそう思ったんだ。

　そしてそれは間違いなんかじゃなかったと、彼女がオメガになったと知った今でも、確信している。

　何もかも手に入ってしまうアルファの世界線で、千帆だけが唯一俺の心を揺さぶる。

　千帆だけが、俺の弱点だ。

「ねぇねぇ、アルファの美形転校生が来るって話、本当!?」

「紫音様だけでも目に毒なほどイケメン過多なのに、この学校どうなっちゃうの!?」

「今日からこのクラスに来るんだよね？　待って心臓準備できてない」

　登校して早々、朝からひとつの話題で校内は騒然としている。

　噂にはチラッと聞いていたが、どうやらアルファの転校生がやってくるのは本当のようだ。

　今まではどんな転校生が来ようがどうだってよかったが、千帆がオメガになってしまった今、話が全然違う。

　もし、その転校生が千帆のことを嗅ぎつけて気に入ってしまったとしたら──、なんて、最悪の考えが頭をよぎる。

　噂に疎い千帆はもちろん、今も隣でぼけっと食べ物のことを考えているわけだけど。

　教室に入るまで千帆は真剣な顔をして黙り込んでいて、席に着いた瞬間こう問いかけてきた。

「ねぇ、やっぱり今日の学食はハンバーグじゃなくてカツカレーにしようかな？」

「どうでもいい」

　どうやったらそう毎日毎日食べ物のことばかり考えていられるんだ。

　呆れた目でそう言い放ち、俺は窓際の自分の席に向かおうとした。

　俺が離れた瞬間、男女ふたりがスッと千帆の元に駆け寄り、何かを興奮気味に話しかけている。

　確か彼らの名前は、タケゾーとかおりんとかだったような……。

　記憶力には自信があるが、興味のないクラスメイトの名前は知らない世界の単語のように頭に入ってこない。

「千帆！　今日このクラスにアルファの転校生来るんだってよ!?」

「僕のイケメン図鑑がまた増えちゃうよ、どうしよう！」

　声がでかいので三人の会話が聞こえてくる。やはり話題は転校生のことで持ち切りのようだ。

　千帆はふたりの話を聞いてもなお、「やっぱりチャーハンかな？」と真剣な顔で返している。無事に会話が成立していない。

　どう考えたって、アルファの転校生に危機感を持たなくてはならないのはこのクラスで千帆ひとりだけだ。

　なのに当の本人は食欲で頭の中が満たされている。

　すっかり呆れ返っていると、ガラッと教室のドアが開いて、まだ若い男性教諭が転校生を連れてきた。

　その瞬間、キャー！という黄色い歓声が教室内に響き渡る。

「えー、皆なぜかもう既に知ってるようだが、今日からクラスメイトになる三条 星君だ」

「こんにちは、親の仕事の都合で越してきました、三条です」

　アッシュ系の金髪に、白い肌に明るい茶色の瞳。カラコンでも入れているんだろうか。

　男子にしては長めの髪の毛を、無造作にワックスでまとめている。

　へらへらと笑っているその姿はいかにも軽率な空気感で、間違いなく千帆のそばに置きたくない人間だと感じた。

「ちょっと待ってあんなの王子様じゃん……。なんかキラキラしてる」

「紫音君と星君がいるクラスに入れたなんて、三億当てる

よりも難しいんじゃ……」

　周りの生徒は三条の容姿にざわついており、教師の声が聞こえなくなるほどだ。

　ちらっと千帆の方を見てみると、さすがに三条のことを見ていたが、心ここにあらずな顔をしていた。まだ食べ物のことでも考えてるんだろう。

「じゃあ三条、席は真ん中の空いてる席に座ってくれるか」

「はーい」

　なんて思っていると、三条が席の説明を聞いて、生徒たちのうるさいほどの歓声を浴びながら、スタスタと席へ向かう。……と思いきや、なぜか自分の席を通りすぎ、千帆が座っている後ろの席に向かい始めた。

　そして、千帆の机に手をついて、いきなり片方の手で千帆の顎を掴む。

「君、オメガだね？　しかも結構かわいーね」

「……へ？」

「匂いで分かっちゃった」

　俺は無意識のまま即座に立ち上がると、三条の手首を思い切り掴んでいた。

　一気にシーンとあたりが静まり返り、まさに一触即発な空気が流れる。

　何も言わずに三条を睨みつけていると、三条は片側の口角だけ上げた。

「もしかして、君がこの学校唯一のアルファ？　さすが俺並みにイケメンだねぇ」

「……千帆に触れたら殺す」

「殺すってそんな物騒なー。あ、もしかしてもう番の契約交わしてるの?」

「無駄口叩かずに席座ってろよ」

「はいはい、手首痛いから離して。大人しく席座るから」

　睨みつけたままゆっくり手を離すと、三条は胡散臭い笑みを浮かべたまま、千帆の方に向き直る。

　千帆はまったく状況が掴めていないのかポカンとした顔で、俺と三条の間で、キョロキョロと視線を泳がせていた。

「千帆ちゃんっていうんだね。これからよろしくね、特別な人間同士」

「と、特別……?」

　馴れ馴れしく最後にそう言い放つと、三条は大人しく自分の席に座った。

　予想していた中で最悪な状態になってしまった。

　俺は威嚇するような視線を三条に向けたまま、その日を過ごしたのだった。

特別な人間

「千帆ちゃんっていうんだね。これからよろしくね、特別な人間同士」

　テレビの画面から出てきたかのような、アイドル顔のその人は、初対面の私にキラキラの笑顔を向けてそう言い残した。

　ずっと今日の昼ご飯のことを考えていた私は、突然のことに驚き何も返せない。

　ただ、紫音がとんでもなく不機嫌だということだけは、分かっている。

　まったく自己紹介を聞いていなかったけれど、アルファの転校生が来るって、タケゾーとかおりんが言っていた気がするから、彼がその話題の生徒なんだろう。

「紫音、も、もう席戻ったら……？」

　ひとまずそう言うと、紫音は絶対零度の瞳で私を見おろし、視線で「お前がしっかりしてないから」という怒気を放ってきた。

　私はそれに怯えながらも、朝のホームルームを終えたのだ。

○

「ちょっと！　紫音様に限らず三条君まで落とすってどう

いうこと!?」

「いや、落としてない、落としてないよ!」

　いつも通り、屋上での昼休みのこと。タケゾーが悔しそうに私の両肩を掴んで激しく揺すってきた。

　隣ではかおりんもつまらなそうな顔で私のことを睨んでいる。

　お昼にゲットしたカツカレー弁当を頬張りながら、私はタケゾーからの問いにひたすら耐える。

「クラス内の顔面国宝、どっちも自分のものにしようなんて、僕許せないよ!」

「だ、だから違うって!　きっと私がオメガだから興味本位で近づいてきたんだよ。私自身に興味あるわけじゃないよ」

「でも実質、クラスで一番最初に名前覚えてもらったのは千帆だもんね」

　ね?とかおりんにも責められ、私はぶんぶんと首を横に振る。

　なんとなく勘だけど、三条君はアルファをあぶり出すために私に近づいたんじゃないかな。

　アルファ同士がこんな狭い教室内で会うことなんてかなり稀みたいだし、三条君は相当紫音のことを意識しているっぽかった。

　なんか、ふたりの間に火花すら見えたし……、アルファ同士でしか感じ取れないことがあるんだろうか。

　お弁当を食べながらそんなことを考えていると、何やら

黄色い声と共に誰かが屋上へとやってきた。

くるっと入り口の方を振り返ると、そこには絵に描いたようなハーレム状態の三条君がいた。

す、すごいっ、漫画みたいだ……！

かおりんはその光景を見て、「紫音様ファンが推し変してる！」となぜか怒りを爆発させている。

紫音があんな風に何人もの女の子を連れて歩いて回るなんてこと、絶対にありえないし……。

遠巻きにその様子を見ていると、偶然バチッと三条君と目が合ってしまった。

すると、彼はニコッと瞳を細めて、一旦女の子を置き去りにして、私の方へ向かってくる。

えっ、えっ、えっ、ちょっと待って……！

戸惑っている隙もなく、三条君は私の目の前に屈んで私の顔を覗き込んできた。

彼のオーラに当てられたのか、かおりんとタケゾーがなぜか目を押さえてその場に倒れ込んだ。

「見つけた、千帆ちゃん。ここにいたんだ？」

「こ、こんにちは……？」

「お昼はあの番犬と一緒に食べてないの？」

「番犬……？　あ、紫音はいつもひとりで学食派だから」

「そうなんだ。じゃあ今アプローチしちゃおうかなー？」

突然妖艶な笑みでスルッと髪の毛を触られたので、私は反射的にパッと顔を避ける。

三条君はそんな私を見て、「あれ、フェロモン感じない？」

と不思議そうに見つめている。

　フェロモン……というか、キラキラしたオーラは感じる
けれど、特別ドキドキしたりはない。

　オメガとアルファなら惹かれ合うはずなのかもしれない
けれど、今は不信感の方が勝っている。

　私は勇気を振り絞って、三条君に言いたいことを伝えた。

「あの、こんなにかまってくるのは、私がオメガで、紫音
がアルファだからだよね……？　私にちょっかい出して
も、紫音への嫌がらせにはならないよ、きっと」

「嫌がらせ？　面白いこと言うね。俺が紫音君のこと嫌っ
てるとでも？」

「うーん、嫌ってるというか、自分以外のアルファを認め
たくなさそうというか……」

「はは、自分のことには鈍感なのに、意外とその辺感じ取
れるんだね」

　面白いね、と、まったく笑ってない瞳で言うもんだから、
少し背筋がゾッとした。

「今日の放課後、ふたりきりになって話そうよ。オメガの
君に伝えたいことがあるから」

　彼は私の頭をポンポンと撫でると、囁くような声で言い
放つ。

「え……？　だったら今ここで」

「俺の悩み相談でもあるんだ。同年代のオメガと会ったの
は初めてだし。他の人には聞かれたくない」

　真剣な声でそう言われて、明らかに怪しいと分かってい

ても、相談と言われると断れない。

　私はうーんと考え込んでから、「少しだけなら」と一言添えて、三条君のお願いを聞き入れた。

　一応、紫音にもこのことは報告しておこう。

「あ、安心して。紫音君も呼ぶつもりだから」

「えっ、そうなの？」

「今朝のこと謝りたいしね。じゃあ、また放課後、この屋上に集まろう」

　ニコッと笑って、三条君は去っていった。

　隣に倒れていたかおりんとタケゾーはいつのまにか正気に戻っており、三条君の後ろ姿を見つめている。

「ねぇ、かおりん。なんか、三条君って美しいけど、目の奥笑ってないね……？」

「あ、タケゾーもやっぱりそう思う？」

　ふたりのそんな会話に私も静かに頷きながら、不思議な空気感を持った三条君が相談したいこととはいったいなんなのか、考えを巡らせた。

　　　　　　○

　放課後。ホームルームが終わると、私は言われた通り屋上に向かうことにした。

　紫音と一緒に向かおうとしたけれど、何やら先生に話しかけられていたので「先に行って待ってるね」とだけ伝えて、教室を出る。紫音も「おう」とだけ返事をして、軽く

手を振った。

　三条君と一緒にいると目立つから、何事もないかのように別々で屋上に集まることにした。

　たった一日で三条君はこの学校のスターになり、紫音よりもとっつきやすいという理由で、わんさか女子が群がっている。

　私はそんな彼を尻目に、先に屋上へ到着した。

「夕方でもあったかいなー」

　夏が近づいている。

　私は夕日が沈みかけた空を見上げながら、今日までのことを思い出していた。

　オメガと分かってから本当に色んなことがあったけれど、紫音がいたから乗り越えてこれたのかもしれない。

　紫音に叩き込まれたお陰でオメガの特性はだいたい頭の中に入ったし、それなりに危機感も持てている気がする。

　紫音がまだ来ない様子なのでメッセージを送ろうとすると、圏外と表示が出た。そうだった、屋上ではスマホが使えないんだった。

「千帆ちゃん、お待たせ」

　なんて思っていると、足音もなくいつのまにか三条君が後ろに立っていた。

　柔和な笑みを一度も崩さない彼は、まさにアイドルみたいな人。

　紫音とは違うカテゴリーで人気が出るのにも頷ける。

　それにしても、アルファがオメガに相談したいことなん

て、いったいなんだろう？

「三条君、話したいことって何かな……？」

「んー？　忘れちゃったあ」

「……へ？」

「まさか本当にのこのこ現れるとは、平和ボケしてるなあ」

　待って、もしかして、紫音には約束を取り付けてない？　私、騙された？　しかもなんかキャラ変わってない？

　すぐに紫音に連絡を取るためにスマホを開いたけれど、圏外と表示されているのを見て絶望した。

　でも私、紫音に先に行ってるねって言ったのに……。

　あ、もしかしていつも通り下駄箱で待ってると勘違いしたのかな？

　私の言葉が足りなかったせいで、今紫音は私のことを学校中探し回っているかもしれない。

　三条君は焦る私をフェンスまで追い詰めて、いつのまにか距離を縮めていた。

　フェンスに背中がピタッとくっついて、カシャンと金網が軋む音がする。

「アルファの前では無防備にひとりになっちゃいけないって、教わらなかった？」

　三条君がつうっと私の首筋を親指で撫でて、流し目で見つめている。

　私はそんな彼をきっと睨みながら、この状況をどう切り抜けるべきかひたすら考えを巡らせる。

　まずいよ！　こんな簡単すぎる罠に引っ掛かったらどれ

ほど紫音に怒られるか！

　想像するだけで震えてくる……。

「ねぇ、知ってる？　オメガとアルファのキスって、普通の人とのキスとは比べ物にならないほど気持ちいいんだよね。試してみたくない？」

「そ、そんなこと、会ったばかりの人とするのはおかしいよ……！」

「なんで？　アルファとオメガの間に感情なんていらないんだよ。こんなのただの本能に従った行動なんだからさ」

「感情がいらないって……」

　なんでそんな、冷め切った目で私のことを見つめているんだろう。

　彼にとって、私はただの餌でしかないのかもしれない。

　ぐっと顎を掴まれて強制的に目が合うように上を向かされると、三条君はバカにしたような目を向ける。

「クラスメイトから聞いたよ。君とあのアルファ、幼なじみで番関係なんでしょ？　あんなに必死になって君のこと守ろうとしてさあ……、笑えるよね」

「笑えるって、どういう意味？」

「ただの本能行動を恋愛だと勘違いしてて笑えるって言ってんだよ」

　ガシャン！という音を立てて、三条君が私の真横のフェンスを掴んだ。

　一気に笑顔が消え去り、獣のような目で私のことを射貫いている。

　さすがに怖くなって、私はごくりと唾を飲み込んだ。

「アンタたちを見た瞬間、ぶっ壊してやりたいって思った」

「さ、三条君……」

「アルファとオメガに人間らしい感情なんて必要ない。俺たちはただ国に飼い慣らされてるだけの人間で、本能に従って生きることだけを求められてるんだからな」

　三条君のその言葉を聞いて、なぜか胸が軋んだ。

　そう思っているってことは、三条君は誰かにそう言われたことがあるってことだ。

　いったい誰が、そんな酷なことを彼に言ったんだろう。

　なんて悲しく思っているうちに、三条君の顔があと五センチのところまで迫っていた。

「俺のキスで、アンタたちの関係なんて、ぶっ壊してやるよ」

「ちょ、ちょっと待って!!」

　私は急いで口と口の間に自分の手を差し込んで、壁を作った。

　突然の行動に、三条君は目をパチクリとさせて私のことを見つめている。

　そんな彼に向かって、私は思っていることをそのままぶつけた。

「私たちへの嫌がらせに、初対面の私とキスするなんて、コスパ悪くない!?」

「は……?」

「本能に従って好きでもない人とキスするなんて、やっぱりおかしいよ。そんなの、もし国が決めたって私は逆らう」

「何言ってんの、アンタ……」

　突然おかしなことを言い出す私に拍子抜けしたのか、三条君はずっと私から離れて、冷めた顔つきになった。

　それでも私はめげずに話し続ける。

「三条君が好きになる人は……、一緒にいたい人は、三条君が選んで決めていいんだよ？　その相手が、オメガでもアルファでもベータでも、関係ないよ」

「は……？」

「そうじゃないと、私は辛い。そんな風に決めつけてる人が近くにいたら、私は悲しいよ」

「意味、分かんねー……」

　私の言葉に、三条君は目を丸くしてそう呟いた。呆れてるでも怒ってるでもなく、ただ茫然と。

　騙されたことには腹が立ったけれど、ものすごく凝り固まった世界で生きてきたであろう彼の発言を聞いたら、同情に近い感情が生まれてしまい、いつのまにか怒りも消えた。

　最近オメガになったばかりの私には分からない、アルファならではの苦痛が、きっとこの世界にはたくさんたくさんあるんだろう。

　分からないから、私は私の思ったことを伝えるしかなかった。

　三条君は、長い前髪をくしゃっとさせて、理解できないものを見る目で私のことを見つめている。

　私は怯まずに、三条君の目をしっかり見て、「先に行くね」

と言って横を通りすぎた。

　しかし、彼はそんな私の手をパシッと掴んで、引き止める。

「待ってよ！　千帆ちゃん」

　彼の顔はとても必死で、さっきまでの仮面を貼り付けたような表情が、崩れ去っていた。

「その権利、俺にもあんの？」

「え……？」

「そばにいたいと思う人、選ぶ権利」

　その問いかけに、私は一瞬目を丸くする。

　だって、そんなの当たり前のことだから。

「あるよ。絶対に」

　それだけ笑顔で言い残して、私は屋上の出口へと向かう。

　茫然自失とした三条君の手を振り払って歩き出すと、丁度勢いよく屋上のドアが開いた。

　そこには、息を乱している紫音がいた。

「し、紫音……わっ！」

「千帆、何もされてないか!?」

　私を見るなり、両肩をガシッと掴んで、真剣な瞳で私の顔を覗き込む紫音。

　いったいどれだけ走り回って私のことを探してくれたんだろう。

　いつもクールな紫音が焦っているのを見ると、なぜか胸がキュッと苦しくなった。

「大丈夫だよ。あの、騙されてごめんなさい……。ちゃん

と警戒したはずだったんだけどね、ちょっと自分の言葉が足らなかったみたいで、えっと……この度はご心配とご迷惑を……」

　必死に謝る言葉と言い訳を探していると、紫音は何も言わずにぎゅっと私のことを抱きしめる。

　紫音の使っているシャンプーの香りがして、更に鼓動が速まった。

　ハグなんて小さい頃は、自分から挨拶みたいにしていたのに……！

「もういい。千帆が無事なら」

「し、紫音……」

「心臓、どうにかなりそうだった……」

　吐息まじりにそんなことを耳元で囁かれたら、それこそ心臓がもたないよ。

　私はぎゅっと背中に手を回して、「心配かけてごめんね」と素直に謝った。

　すると、背後から何やら視線を感じる。

「うわー、めちゃくちゃイチャつく材料にされてる、俺」

「殺す」

「そんな怒んないでってば」

　三条君はいつも通りの笑顔でへらっと笑って、紫音の暴言をかわしている。

　私は紫音に抱きしめられたまま、この場に流れるぴりついた空気にひたすら耐えるしかない。

　紫音は鬼のような形相で三条君のことを睨みながら、宣

言した。

「次千帆に手出そうとしたら、社会的に殺す」

「えー、怖いなあ。君の家大企業だからほんとにできそーだし」

「へらへらすんな、殴りたくなる」

「はいはい、言われなくてもそんなにイチャつくところ見せられたら、こっちも興醒めするって」

　そう言って、三条君は私たちの横を通りすぎて屋上を出ようする。

　なんか、三条君には闇がある気がする……。もしかして、悩み相談をしたかったっていうのは、本当だったんじゃないかな。

「ま、待って三条君！」

　私はとっさに紫音の腕をすり抜けて、三条君の腕を掴もうとした。

　……はずが、階段でバランスを崩し、三条君の背中にダイブしてしまった。

「ご、ごめん……！」

　後ろからハグをしたような形になってしまい、私はすぐに離れて謝る。

　しかし、三条君はなぜかカーッと顔を赤らめたまま、私のことを見つめて黙り込んでいる。

　やばい。振り返らなくとも背後にいる紫音から怒気が伝わってくる……。

　怯えている私に気づかずに、三条君は赤い顔をバッと片

手で隠して、「なんだこれ……」と呟いた。

「なんか千帆ちゃん見るとドキドキすんだけど、もしかして今発情期になった？」

「へ？　いやそんなわけは……」

「気のせいだ。早く消えろ三条」

　紫音が地声より数倍低い声で、私の言葉を遮り冷たく言い放つ。

　三条君は頭を傾げながら階段を下りていった。

　その様子を不思議に思い眺めていると、ぐっと後ろから両手で強く抱きしめられる。

「わっ、紫音……？」

「お前、ほんっと、バカ」

「えっ、急な悪口？」

　後ろから顎をぐいっと掴まれて、私は強制的に紫音の顔を見上げる形になる。

　紫音の美しい顔面が目の前に現れて、私は思考停止する。

　彼はなぜか不機嫌度マックスになっていて、何を言っても宥められそうにない空気感だ。

　待って、もしかして、キスされる……？

「千帆は俺のものだって思いたいのに、千帆は俺のこと不安にさせる天才だな」

「ちょ、紫音、待っ……」

「まあ、いいや。逆に、千帆に自覚してもらうかな。俺はお前のものだってこと」

「ど、どういうこと……？」

「俺の心も体も千帆のためだけにあるってこと」

「んっ……！」

　真剣な顔でそう囁かれてから、急に大人なキスをされた。

　私は酸欠状態寸前で、紫音の腕をどんどんと叩く。けれど、びくともしない。

　意識が遠のくほど長い長いキスをされてから、ようやく紫音に解放された。

「……全然足りない、千帆」

「な、何言っ……」

「こんなん、本能行動の範疇、とっくに超えてる。……おかしくなるくらい、千帆が欲しい」

　色っぽい目つきでそう囁いて、紫音は私の耳にチュッとキスをした。

　リップ音が直接鼓膜に届いて、脳が溶けそうになる。

　ドキドキと爆発しそうになる心臓を押さえながら、私は改めて紫音の存在の特別さを実感した。

　私がそばにいたいと思う人は、触れたいと思う人は、やっぱり紫音だけだ。

初めての発情期

　三条君との一件があってから一カ月がすぎた。

　なぜかしばらく紫音は過保護っぷりが増していたけれど、あれから三条君との衝突はなく、平和に穏やかに過ごしている。

　校内は三条派と紫音派にファンが分かれて、アイドルかと思うほどふたりは毎日生徒の注目を浴びている。

　私と紫音が番を結ぶ関係だという話は、最初こそ炎上したものの、紫音ファンの生徒は受け入れがたい事実すぎて"聞かなかったこと"にしたらしく、私は今まで通り平凡な生活を送れている。

　そんな中、急遽泊まりがけの校外学習が決まった。

「えー、知ってる生徒も多いと思うが、うちでは二年生はこの時期に泊まりの校外学習をすることになっている。といってもただの山登りだ」

　教師がだるそうに生徒に告知すると、教室中でブーイングが起こる。

　生徒に忍耐力と体力をつけるために……と言う理由で、この学校では超過酷な山登りイベントがあるのだ。

　噂には聞いていたけれど、ついにこの時期が来てしまったか……。

　なんて呑気に思っていると、ちらっと視界の端に映った紫音が、顔面蒼白になっていた。

「文句言うのは自由だが、不参加の生徒は進級できないと思えよ。じゃあ、ホームルーム終わります」

　無慈悲な教師の宣告に、生徒たちは更にブーイング。だるい、暑い、やる意味が分からない、まだ持久走の方がマシ、などなど、誰ひとりこのイベントを楽しんでいる者はいない。

　紫音もそんなに顔を青くするほど山登りが嫌なのかな？そう思っていると、紫音が私のところまでやって来て、机をバンっと叩いた。

「対策を練るぞ」

「……へっ？」

「タイミングが最悪すぎるだろ……。完全に忘れてた……あの時期のこと」

　顔を青くしている紫音を見て、頭の上に疑問符を浮かべていると、どこからか三条君もそばにやってきた。

「もしかして千帆ちゃん、発情期と被ってんの？」

「おい三条、勝手に入ってくんな」

　は、発情期……!?

　そういえば、三カ月に一回、オメガには等しくそんな時期がやってくるのだと聞いていた。

　その間は、できるだけ学校を休んで部屋に篭っているべきだと資料には書いてあったけれど……。この行事に参加しないと、留年は確定。

　発情期がどれだけ辛いものなのか分からないけれど、紫音の反応から、とにかくタイミングが最悪なことだけは理

解した。

「は、発情期ってそんなに辛いのかな……！」

「いや、主に辛いのはこっちだ」

　ふたりの声がハモったので、私は目をパチクリとさせる。

　そんな私に、紫音は完全に絶望したような顔で話を続ける。

「千帆は微熱が続くような感覚程度だけれど、アルファはそうはいかない」

「俺たちどうすんの？　千帆ちゃんが半径三メートル以内に来ただけで襲う自信しかないけど」

「千帆に触れたら殺す」

「しょうがないじゃん。そういう体の仕組みになってるんだから。ていうか、俺たちならまだしも、ベータの男でも発情するやついると思うよ？」

　三条君をギッと睨みつける紫音。しかし、三条君は開き直ったようにぺらぺらと話し続けている。

　私はふたりの会話についていけず、事の重大さをいまいち把握し切れていない。

　発情期になると、オメガのフェロモンの量は最大値になり、アルファもベータも誘惑してしまう……そんな風に言われている。

　けれど、本当にそんな魔法がかかったみたいに、誘惑されまくってしまうなんてこと、あるんだろうか？

「まあまあ、抑制剤飲めばどうにかなるでしょ……！」

「なるわけないよね？」

　私が能天気な発言をすると、紫音は真顔で、三条君は笑顔でそう返してきた。

　ま、またハモってる！　もしやふたり、息がぴったりなので波長が合うのでは……。

　なんて思っているうちにチャイムが鳴り、一時間目が始まる時間になってしまった。

　紫音は頭を抱えながら席に戻り、どうするべきかと私以上に考えてくれている。

　少しみんなと離れて歩いていれば大丈夫な気がするけれど……。

　なんて思っていた私は、まだオメガの大変さを、一ミリも理解できていなかったのだ。

　　　　　○

　そんなこんなで、登山当日。

　朝起きると、確かに少し微熱がある時のように、体が火照（ほ）ったように感じる。

　遺伝子が近い家族にはフェロモンはまったく効かないらしいので、普段との違いを実感できないまま家を出ると、気乗りしていない様子の紫音がいた。

「おはよ、紫音。ジャージ姿でもなんかキラキラしてるね。私と同じジャージのはずなのに……」

「今日は俺に近づくな。でも離れるな」

「いやどっち」

　すぐさまツッコミを入れたけれど、紫音は私がそばに寄っただけで、警戒心を剥き出しにしている。

　なんだかバイ菌扱いされているようで傷つく……と思ったけれど、紫音なりに気を遣って離れてくれているんだろう。

　一応、抑制剤は多めに飲んできたんだけれど、それでもアルファには強烈な作用があるみたいだ。

「紫音、辛かったら、私のこと触っていいんだよ？」

「ぶっ」

　紫音が、なんだか高熱が出ている時みたいに辛そうで、私は思わず斜め上の発言をしてしまった。

　思い切り噴き出す紫音に、私は心配した口調で補足をする。

「私が発情を煽ってるから紫音は辛いんだよね？　触れ合ってマシになるなら、いつでもハグどうぞ！」

「バカか」

　はい！と手を広げて伝えると、バカの「バ」を思い切り強調して暴言を吐かれた。

　紫音は顔を真っ赤にしたまま、結構本気で怒っている。

　それから、背後にあった塀にドンッと手を突かれて、真剣な口調で囁かれた。

「ハグだけで止まるわけないだろ。俺が千帆を好きだってこと、ちゃんと自覚しろ」

「う、うん、ごめんね……？」

　これが壁ドンってやつか……と思いながら謝ると、ちゃ

んと聞いてるのかと更に怒られた。

　こんなにキレられながら告白されることってある……？

　そんな会話をしているうちに、集合時間に遅れそうになっていることに気づいた。

「は！　紫音！　遅刻しちゃうよ！」

「お前がバカなこと言うせいだろ。走るぞ」

「わーん、体力温存しておきたかったのにー」

　私は文句を言いつつも、紫音に腕を引かれるがままに走った。

　登山行事の予定は、朝から夜まで山登りをして、山頂に着いたら山小屋に宿泊するという流れだ。

　発情期は今日から始まって約一週間ほど続く。

　番関係を結ぶまで発情期に耐えなければならないなんて辛い……早く紫音と番になりたいなあ。

　　　　　　○

「あ！　来た！　千帆、あんた超ギリギリじゃないの」

　学校にぜぇはぁと息切れしながら到着すると、かおりんが私を見つけて手を上げた。

　かおりんのそばにいたタケゾーも、「遅刻したら重りつけて歩かされるらしいよぉ。危なかったね」と脅してくる。

「ま、間に合ってよかった～！」

　集合場所のグラウンドでようやく安堵のため息を吐く。

　しかし紫音は、涼しい顔をしていて、まったく疲れた様子

もない。

　タケゾーもかおりんも、紫音がいると少し緊張するのか、チラチラと目を泳がせている。

　いつも騒がしいふたりなのに、紫音の前だとこんなに大人しくなるのか……。

　紫音は涼しい顔を崩さずに、タケゾーとかおりんにゆっくり近づいていった。

「ごめん。もし千帆に変な気起こしてる生徒見つけたら、速攻教えてくれる？　ちょっと事情があって」

「はっ！　分かりました！」

　ふたりはなぜか声を揃えて敬礼のポーズをしている。

　色々と疑問を抱いたりはしないのだろうか……。

　そしてタケゾーは一応生物学上は異性のはずなんだけど、まったく私のフェロモンは作用していないようで安心した。

　オスになったタケゾーなんて、まったく想像もつかないし。

「タケゾー、私のこと見てドキドキしたりする？」

「ちょっ、急に何キモいこと言ってんの？　紫音様見てた方がドキドキするわっ」

「だよね。よかった～」

　タケゾーの発言に紫音は微妙な顔をしていたけれど、どうやら異性全員がフェロモンに反応するわけではないみたい。

　元々性欲が強かったり、恋愛対象として好意がある人

だったりが、反応しやすいんだとか……。

　チラッと紫音を見上げると、目があった瞬間、サッと目を逸らされる。

　ガーンと効果音が鳴るほど傷ついたけど、フェロモンに当てられるのを避けるためには仕方ない。

「ようし、全員集まったな。では、これから登山イベント始めます。順次バスに乗り込むようにー」

　ピー！と笛が一度鳴って、ついに行事がスタートした。

　私たちはバスに乗り込み、現地の山へと向かう。そこそこの高さがある山で、危険な道はないけれど、山頂に行くまであまり景色も変わらず精神との戦いになってくる……と、先輩たちから聞いている。

　どうか、何事もなく終わりますように！

　そう願って、私はバスに揺られた。

　バスの中で、ひたすらタケゾーが推しの韓国アイドルの話をしてくれたおかげで、私は車中でぐっすり眠ることができた。

　完全に、舐めていた。山の偉大さを。

　歩き始めてから二時間は経っているはずなのに、まだまだ山小屋は遠い。

　既に虚ろな目をし始めた生徒達と一緒に、私も死んだ目で重たくなった足をなんとか引きずり歩いていた。

　それなのに、私の隣にいる幼なじみは、相変わらずケロッとした顔をしていらっしゃる……。

「し、紫音の体力、バグってない……？」

「傾斜はそんなにないだろ。大袈裟だな」

「周り見てみて!?　みんなゾンビになってる！　おかしいのは紫音と三条君だけ！」

　思わず白目になってツッコミを入れると、紫音は「運動不足だろ」と言ってひょいひょい登っていく。

　し、信じられない……。あの人、人間じゃない……。

「紫音、もう無理！　水飲みたいから少し休む。暑いし、上着も脱ぎたい」

　そう言って、私はふらふらと木の幹に座り込んだ。

　紫音は仕方ないなと言ってそばに立ち止まり、横で私が休憩を終えるのを待っている。

　ジャージの上着を脱いで、白いTシャツ姿になった私は、パタパタと体の中に風を送る。

　あー、涼しい一。ちょっとだけど、生き返る思いだ。

　水を飲みながら襟元を掴んで体に空気を送り続けていると、目の前を歩いていた男子生徒たちとパチッと目が合った。

「待って、花山さん、なんか色気やばくね……？」

「おい、いつも可愛いけど、今日はなんか、艶っぽく見えるっていうか……」

「お前、今度こそ話しかけてこいよ！」

　コソコソと不審な会話が微かに聞こえてくるのだけど、全部は聞き取れなかった。

　普段まったく話したこともないクラスメイトなので、も

しかしたらフェロモンが作用してしまっているのかもしれ
ない。

　身の危険を少し感じた私は、サッと立ち上がろうとした。

　しかしその時、頭上でドン！と大きな音がして、私は思
わずふたたび座り込む。

　そーっと視線を上げると、そこには木を片手で叩いて、
男子生徒を鬼のような顔で睨みつけている紫音がいた。

「おい、誰にどう話しかけるって？」

「ひっ……！」

　低い声で脅された男子生徒達は、一気に顔を青ざめさせ
て全速力で山を登っていった。

　紫音の凄みは、怖すぎるよ……。かわいそうに……。

　逃げゆく彼らを茫然と見ていると、紫音がため息を吐き
ながら私のそばにやってきて、脱ぎかけていたジャージを
もう一度着せて、しかもチャックを口元まで上げてきた。

「お前、無駄にフェロモン撒き散らしてんなよ」

「ご、ごめんなさい……暑くて」

「ハア……ガチで頭おかしくなりそう」

　紫音は本当に辛そうに顔を歪めていて、熱っぽいため息
を吐く。

　なんだかその余裕のない表情に、なぜかドキッとしてし
まって、私が誘惑されてどうするんだと気を正す。

「ごめん千帆、ちょっと離れて休む。すぐ追いかける」

「わ、分かった。無理しないでね……？」

　紫音と少し距離を取って歩くことにした私は、紫音のこ

とを心配に思いながらも、一歩一歩足を進める。

　紫音、私のそばにいるとやっぱりすごく辛そう。

　私を守るために無理してそばにいてくれてるんだろうけど、申し訳ないな……。

　ぐるぐると色んなことを考えながら歩いていると、ひょいとどこからか三条君が現れた。

「千帆ちゃん、キスしていい？」

「何を言い出すの？」

「えー、勢いでいけるかなと思ったのに」

　笑顔でとんでもない発言をしてきた三条君に、私はすかさずつっこみを入れる。

　やっぱり侮れないなあ、三条君……。

　サッと距離を取って三歩ほど離れると、三条君は「あ、少しは学習したんだー？」と煽ってくる。

「話しかけてるとこ、あの番犬君に見られたら、俺殺されるね」

「はは、紫音と対等にいれるのは、ほんと三条君くらいだよ……」

　苦笑しながら返すと、彼は突然とんでもないことを言ってきた。

「ねぇ、千帆ちゃんて、すごく甘い香りがするんだよね、発情期かかわらず。自分で気づいてる？」

「え？　甘い香り？」

「うん、ほら、このあたりから……」

　Tシャツの襟に人差し指を引っ掛けられ、首の後ろに顔

を寄せてくる三条君。

　私は思わずバランスを崩し、三条君の胸に背中からダイブしそうになる。

「わっ、いきなり引っ張らないで！　びっくりするから」

「あー、マジ、何この匂い。今すぐ襲いたくなる……」

「ちょっと、気を確かにだよ！　三条君！」

　顔を首に押し付けてくる三条君の額に手を当て押し返すけれど、力が強すぎてびくともしない。

　こんなところ三条君のファンに見られたら大変な騒ぎになるはずだけれど、幸いにもみんな疲労困憊（ひろうこんぱい）の状態で他人には目がいっていない様子だ。

「千帆ちゃん……、もし、フェロモンとか関係なく、興味湧いてきたって言ったらどうする？」

「いやいや、今完全にフェロモンが関係してるでしょ！」

「……半分ね」

　熱っぽい吐息を首筋に感じて、私はいよいよ本気でやばいと察する。

　これが発情期の力なのだろうか。とにかく、三条君に目を覚ましてほしい！

　私はよしと気合を入れると、三条君の足を思い切り踏んだ。

「痛（い）っ……！」

「ごめん三条君、紫音のことこれ以上怒らせたくないから！しばらくそこで休んでてー！」

　三条君は足を押さえてガクッと座り込んでいる。

　私は申し訳ないと思いつつも、走ってその場を逃げ去った。

　こうでもしないと、身の安全は守れない、ということだ。いつも紫音に守ってもらうわけにもいかないんだから。

　私は疲労し切った体に鞭を打って、走って目標地点の山小屋を目指した。

　そうして、途中からまた紫音と合流し、私達はなんとか今日の登山を終えたのだ。

　　　　　　○

「あ、足が、棒のようだよ……かおりん……」

「お、同じく……」

　女子部屋にて。お風呂から出た女生徒達は、ふくらはぎの筋肉痛と闘いながら一歩も動けずにいた。

　年季の入った山小屋で、十人ほど寝られる和室に押し込まれた私たちは、敷布団を早々に広げて大の字になって体力を回復させている。

　何人かの体力が有り余った女子は男子部屋に遊びに行ったり、彼氏に会いに行ったりしているけれど、私とかおりんは屍のように動いていない。

「かおりん、これで明日は山頂まで行ってから下山するんだよね……。そんな体力、残ってる……？」

「無理。タケゾーなんて生まれたての子鹿みたいに足ガクガクさせてたよ」

　お互いに天井を見つめながらそんな会話をしていると、突然入り口付近にいた女生徒から名前を呼ばれた。
「花山ちゃーん、なんか隣のクラスの湯町君が呼んでるよ」
「え……？」
「外に来てほしいって。待ってるってー」

　思わず誰？と言いそうになったけれど、なんとなく野球部にいたような気がする男の子の顔が、ぼんやりと浮かんだ。

　困惑した顔で首だけ傾けてかおりんを見ると、彼女はニヤリと笑ってなぜか楽しそうにしている。
「なんの話だろ……。まったく心当たりがない」
「そんなの告白イベントに決まってんじゃーん」
「かおりんなんでそんなに楽しそうなの？」

　ひとまず待たせるわけにはいかないので、私は布団を捲って筋肉痛祭りの体に鞭を打つ。

　ぐっ、どこを動かしても痛い……。

　というか、寝る用のジャージにハーフパンツ姿という完全なだる着だけれど、これで向かってもいいのかな……？

　なんとか立ち上がると、かおりんが私に向かって手を振った。
「襲われないでよ。一応紫音様にも連絡入れといたら？」
「うーん、大丈夫だと思うけど……。一応、そうだね」

　スマホでパパッと紫音に『外に呼び出されたから行ってくるね』とメッセージを送った。

　湯町君、どんな顔だったっけ……。確か坊主頭で背が高

かったような……。なんてぼんやり思い出しながら、私は言われた通り外に向かった。

　外に出ると、そこにはカチンコチンに緊張した様子の、前髪重ため系男子がいた。

　あれ、想像と全然違ったな……。

「ゆ、湯町君、こんばんは。野球部の人だよね……？」

「いや、バスケ部だよ」

「うそ、ごめん！」

　私の中の湯町君、何ひとつ情報が合っていない！

　いったい誰と勘違いしていたんだろうか。

　さすが山の中なだけあって、夜になると外はかなり真っ暗で、山小屋の明かりが行き届いていないところは何も見えない。

　念のため、湯町君とは少し距離を取って話を聞いている。

　夜風に当たりながら気まずい沈黙に耐えていると、湯町君がついに口を開いた。

「あの、花山さんが伊集院君と番結ぶ関係だってことは分かってるんだけど、どうしても伝えておきたいことがあって……」

「は、はい」

「花山さん。えっと、好きです。入学式で一目惚れしてからずっと」

　カーッと顔を赤く染めながら小さな声で伝えてくれた湯町君。

まさか、かおりんの言う通り本当に告白だったとは。

人生初の告白に頭がフリーズしながらも、私はどう断ろうか頭の中で言葉をぐるぐると考えていた。

「あ、あの、ありがとう。気持ちは嬉しいんだけど、ご、ごめんね……」

結局当たり障(さわ)りのない言葉で素直に断ると、彼はとてもがっかりした顔をしてから、「そうだよね」と悲しそうに笑った。

その笑顔を見て少し胸がちくりと痛んだけれど、下手に優しくしても失礼だから、これでよかったのだ。

でも私、入学式は寝ていた覚えしかないんだけど、いったいどこがいいと思ってくれたのか謎だ……。

「伊集院君のガードがないの、彼がお風呂入ってる時くらいだなと思って、速攻でお風呂出て勇気出してみたんだ。ハハ。伝えられただけよかったよ」

「紫音てそんなに恐れられてるのか……」

「花山さんに告白したい人なんてたくさんいるけど、彼の監視がすごすぎてね……」

上を見上げて遠い目をする湯町君。

私に告白したい人がいるというのはないと思うけど、とにかく紫音が一般生徒に上手(うま)く馴染(なじ)めていないことだけは明確だ。

今度、お友達作る講座でも開いてあげようかな……。なんか、心配だし……。

なんて考えていると、湯町君が一歩だけ私の元へ近づい

た。

「ごめん。最後に握手だけしてくれる？　そしたら諦める
から」

「あっ、う、うん、ぜひ」

「ハハ、ぜひって。やっぱり面白いなあ、花山さん」

　紫音よりもずっと素直で明るくて優しそうな湯町君。

　紫音とタケゾー以外の男子と話したのは本当に久々だっ
たので、私も少し緊張していたんだけれど、湯町君が普通
にいい人でよかった。

　気持ちには応えられないけれど、彼に素敵な人が早く現
れますように。

　そう願って握手をしたその瞬間──、湯町君が急に心臓
を片手で押さえて息を荒くし始めた。

「花山さん、なんか俺……っ、急に変に……」

「え、湯町君……！　大丈夫!?」

「花山さんっ……、やっぱり好きだ……！」

　突然豹変した湯町君が、私の体を強引に抱きしめてきた。

　しまった。触れ合った瞬間に、フェロモンが作用してし
まったのかもしれない……！

　私は必死に抵抗するも、筋肉痛のせいで上手く体を動か
せない。

　さっきまであんなに優しかった湯町君が、こんな風に変
わってしまうなんて……。

　改めて、発情期の怖さを知った。

「湯町君しっかりして！　今、中まで運ぶからね……！」

「花山さん、可愛い……。俺のものにしたい……！」

「しょ、正気に戻って！　湯町君……！　きゃっ」

　ドサッと地面に押し倒されて、私は事の重大さにようやく気づく。

　今、私、かなり危ない状況にいる。

　でも、これは私の体質が招いたことで、湯町君は悪くない。

　前に教室で襲われかけたこともフラッシュバックし、恐怖で体が動かなくなってきた。

　湯町君の唇が首筋を這い、恐怖心はどんどん煽られていく。

　どうしよう、どうすれば……。

　助けて、紫音……！

　心の中で叫んだけれど、声にならない。じんわりと目頭に涙が浮かんできて、私はキスをされないようにだけ唇をぎゅっとキツく結ぶ。

　湯町君の吐息に体が硬直していたその時、私の名前を呼ぶ声が聞こえた。

「千帆!!」

「紫、音……」

　お風呂から出てすぐ向かってきてくれたのだろう。

　まだ髪の毛が濡れている紫音が、私の上に覆い被さっている湯町君を蹴り倒してどかした。

「千帆！　大丈夫かっ……！」

「こ、来ないで！」

「千帆……？」

　心配して駆け寄ってくれた紫音を、私は大声を出して制した。

　湯町君はお腹を押さえながらその場に蹲（うずくま）って気を失っている。

　私は泣きそうな顔をしながら、後ろ歩きで紫音から一歩二歩遠ざかった。

　紫音に襲われるのが怖いから、逃げているんじゃない。

　……私は今、"私"が一番怖い。

「来ないで……。ごめん、私、やっぱりまだ分かってなさすぎた……」

「何、どうした、千帆……」

「湯町君は何も悪くないのに、私が湯町君を悪者にしかけた……っ」

「千帆も悪くないだろ」

「私が湯町君を狂わせたのは事実だよっ」

　言葉にすると、ズキンと胸が痛む。

　湯町君は、素直に自分の気持ちを伝えてくれただけなのに、危うく犯罪者にしかけた。

　きっと意識が戻ったら、真面目な彼はものすごい罪悪感に苛（さいな）まれるだろう。

　こんなに、いとも簡単に人の心を操る術（すべ）を私は持ってしまっている。その意識が、薄すぎた。

　紫音も今日一日、私のそばにいるのはとても辛そうだった。

　私といたから……。

「千帆……」

「あ、あれっ……」

　ぽろっと、処理しきれない感情が、涙になって出てきて
しまった。

　私は動揺して、紫音に泣き顔を見られたくなくて、また
一歩後ろの暗闇に近づく。

　しかし、着地するはずだった足は宙を掻いて、私は浮遊
感に包まれる。

「危ない、千帆……！」

　ドスン！という大きな衝撃とともに、私は深い堀のよう
な場所に背中から落ちてしまった。

　幸い柔らかい土だったので痛みはそこまでないが、落ち
た場所までは二、三メートルはある。

　上を見上げてどう登ろうか絶望していると、ザザザーッ
という音と一緒にすぐに紫音が駆けつけてくれた。

「千帆！　大丈夫か？　どこも痛くないか……？」

「し、紫音、なんで、危ないよ……」

「何がなんで？　助けに来るに決まってんじゃん」

　少し怒ったような真剣な顔でそう即答する紫音に、思わ
ず涙腺が緩む。

　月明かりに照らされた紫音はすごく綺麗で、生乾きの髪
からぽたりと雫が落ちている。

　どこも痛くないと答えると、紫音はホッとしたように私
の頭を撫でた。

「よかった……。心臓止まりかけた」

「ご、ごめん、ありがとう……」

「で？　何、なんで泣いてんの。千帆は」

　顔を両手で包み込むようにして、親指で優しく涙を拭い、視線を合わせながら「ん？」と問いかけてくる紫音。

　心臓が、信じられないくらいドキドキいってる。

　私のことを本気で心配してくれている瞳が、どんどん鼓動を速くさせる。

　紫音は今、私のそばにいることが、フェロモンの作用でとても辛いはずなのに、ちっとも顔に出ていない。

　そんな紫音の優しさに、また涙がじわっと溢れ出てくる。

「紫音、私といるの、今辛いでしょっ……？」

「辛くないよ」

「私がオメガなせいで、これからもきっと紫音にたくさん迷惑かける。私、ちゃんと分かってなかったんだ……っ、ごめんねっ……」

「迷惑って……例えばどんな？　言ってみ？」

「ど、どんなって……」

　思わぬ質問に面食らったけれど、紫音は真剣な顔で私の言葉を待っている。

　なので、なんとか小さい声でぼそっと答えた。

「紫音のことを誘惑したり、他の人を誘惑したり……」

「あとは？」

「あ、あとは、さっきみたいに何度も助けてもらうことになるかもしれないし……」

「ふぅん……」

「ふ、ふぅんて……、私は本気で……！」

　涙声で怒ろうとすると、紫音が私の頬を急に両手で挟んで、じっと私の顔を見つめてきた。

　それから、当たり前のように、かつぶっきらぼうに言い放った。

「ひとつも迷惑なんかじゃないんだけど」

「え……？」

「千帆を守るのは俺の役目だし、千帆に誘惑されてももう付き合ってるから問題ない」

「し、紫音……」

「それとも、千帆は俺に触られるのは嫌？」

　ブンブンと首を横に振ると、紫音はふっと優しく笑って、私の額にキスをする。

　チュッというリップ音がして、自分の顔に熱が集まっていくのを感じる。

「正直今、めちゃくちゃ千帆のこと触り倒したいけど、我慢できてる。なんでか分かる？」

「本当だ。なんで……？　そういう薬があるの？」

「千帆が好きだから。湯町に罪悪感抱く千帆も、鈍感なふりして繊細な千帆も、じつは泣き虫な千帆も、全部好きだから」

「なっ、なっ……！」

　真顔で淡々とそんなことを告白する紫音に、頭が爆発しそうになる。

　どうしてこんなに歯が浮くような台詞（セリフ）も、紫音はなんでもないようにサラッと言いのけてしまうんだろう……。

　プシューッと湯気が出そうなほど赤面している私に、紫音は言葉を続ける。

「千帆。アルファだからオメガだからって、俺たちは一緒にいるのを諦めなきゃいけないの？　好きでいるの我慢しなきゃいけないの？　違うでしょ？」

「紫音……」

「もし千帆が、今日みたいにオメガの体質が原因で悩むことがあったら、その度に一緒に考えよう。……千帆の人生に、俺のこと、もっと巻き込んでよ」

　少し寂しげに最後の一言を呟く紫音。

　紫音の言葉が、気持ちが、嬉しくて嬉しくて、やっぱりまた涙が溢れた。

　湯町君を豹変させてしまった自分のことを、大嫌いになりかけていたから。

　でも、紫音がいれば、この先も大丈夫だと思える。不思議だ。なんの根拠（こんきょ）もないのに、確かに歩いていける気がする。

　私は涙をごしごしと服の袖で拭って、それから、笑顔で紫音にお礼を伝えた。

「ありがとう、紫音。大好きだよ」

「え……」

　私は紫音の肩に両手を置くと、チュッと唇にキスを落とした。

　紫音は驚き固まったまま、目を見開いている。

　間抜けな紫音の顔なんて滅多に見れないので、私はプッと噴き出してしまった。

「紫音、目がまん丸……！」

「千帆。発情期間中にキスしてくるとか、舐めてんの？」

「えっ、えっ……？」

「人がどれだけ我慢してると思って……」

　紫音の静かなる怒りを感じて、私は思わずひっと声を小さく漏らす。

　慌てて距離を取ろうとしたけれど、紫音に強引に抱き寄せられ、ジャージのファスナーをゆっくり下ろされた。

「ま、待って！　この下、キャミソールだよっ……」

「うん。だから？」

「お、怒ってるね……!?　相当！　あっ、待っ……」

　チュッと音を立てて、鎖骨付近にキスをされる。熱を持った唇が肌に触れて、それだけで頭がクラクラした。

　自分も欲情しやすくなっているせいだろうか。

　お酒を飲んだらこんな風になるのかなと思うくらい、触れた部分から熱くなってふわふわする。

　必死に抵抗するも、紫音は至るところにキスを降らせてきた。紫音の生乾きの髪が首に触れて、くすぐったくて、恥ずかしい。

　目をぎゅっと瞑って、紫音の甘いキスに応えていると、突然唇を離した彼が意地悪そうに私のブラ紐に人差し指をかけた。

「ダメじゃん。抵抗しなきゃ、止まんないよ？」

「なっ、だって紫音が……！ じゃあもう終わり！ ストップ！」

羞恥心でいっぱいになりながら、私は紫音の体を無理矢理引き剥がす。

やっぱり紫音は、こういう時すごく意地悪な気がする！

赤面しながらじっと睨んでいると、「誘ってんの？」と言われたので彼のお腹にグーパンチをしておいた。

すると、地上から「なんで湯町こんなところで寝てんの!?」という男子生徒の声が聞こえてきた。

「おい、手貸して引き上げてくれ！」

紫音が大きな声で助けを呼ぶと、すぐにクラスメイトが助けに来てくれた。

「え！ 伊集院と花山さん!? 何があったのいったい！」

そうして、クラスメイトの手を借りて、私たちは地上に出ることができた。

湯町君は私を襲った時の記憶は失恋のショックで相殺されていたようで、正直かなりホッとした。

……そして、オメガという自分の体質と、改めて向き合わなければと思った夜だった。

「千帆。明日は他の男子誘惑させないように、一番に山駆け下りるぞ。体力回復させておけよ」

「無理に決まってんじゃん！」

戸惑うことはまだまだたくさんありそうだけど、紫音がいれば、きっと大丈夫。

　そうだよね？　紫音。

　目尻に残った涙を自分で拭って、私は笑顔で山小屋の中
へ戻っていった。

第三章

好きになる瞬間　side星

『三条君が好きになる人は……、一緒にいたい人は、三条君が選んで決めていいんだよ？　その相手が、オメガでもアルファでもベータでも、関係ないよ』

　生まれて初めて言われた言葉が、時間が経った今でもふと頭の中に蘇る時がある。

　好きな人ができるなんて遠い世界の話で、誰かを私的な感情で大切に思うなんてこと、ありえないと思って生きていたから。

　両親にもずっと、できるだけ優秀なオメガを探すから待っていなさいと言われ、それをただ機械的に受け入れて過ごしてきた。

　それなのに、あんなにまっすぐな目で、当然のように綺麗事を言い捨てた花山千帆というオメガの女。

　本当に、おめでたいやつだと思った。

　そのはずなのに——、どうしていつのまにか、こんなにも目が離せなくなっているんだろう。

　フェロモンが作用しているのは分かっているけれど、こんなにも無条件でオメガに惹かれてしまうものなのだろうか。

　それも、惹かれているのは俺からだけで、肝心の花山千帆は神経質そうな幼なじみにしか興味がない。

　俺にはまったくドキドキしてなどいないことが、ありあ

りと分かる。

　なんだかそれが、無性にイライラする。

　オメガは花山千帆だけじゃないのだから、放っておけば
いいだけの話で、黙っていれば女なんて死ぬほど集まって
くるというのに。

「三条君、今日私の家で遊ばない？　海外旅行で両親もい
ないからさ……」

　放課後の空き教室で、俺にそっと寄り添ってくる女の先
輩。名前は忘れた。

　腰まで伸びたロングヘアを掻き上げ、チラッと胸元を寄
せつつ、とろんとした瞳を俺に向けている。

「先輩、彼氏いるんじゃないの？」

「えー、じゃあ、別れる」

「うわー、ひどいね、先輩。愛ってそんなもん？」

　グッと顔を寄せて先輩の目を見つめると、彼女は熱があ
るんじゃないかというくらい顔を赤くして、俺にしなだれ
かかってきた。

「ねぇ、ここでもいいよ？　私……」

「悪い子だね、先輩」

　アルファのフェロモンに完全に当てられて、催眠術にか
かったような瞳になっている先輩。

　そんな哀（あわ）れな姿を見て、俺は心中で嘲笑（あざわら）っていた。

　でも、決してバカにしているわけでも、嫌な気になって
いるわけでもない。

　俺を見て求愛してくるのは、喉が渇いたから水を飲みた

くなるのと同じようなもの。

　俺だって、喉が渇いていたら水くらい飲む。

　まあ、満たされたら、もう"それ"には興味が一切湧かないのだけれど。

「いいよ。俺がぶっ壊してあげる、先輩たちの薄っぺらい恋愛関係」

「あっ、三条君……」

　先輩の腰に手を回し、俺は首筋に舌を這わせる。

　花山千帆のせいで、一瞬見失っていた。この関係が自分にとって一番楽だってこと。

　名前も知らない女の体温を感じながら、俺は何かで満たされていくのを感じていた。

　誰からも求められる俺は、誰にも求められていないのと一緒。

　そんな孤独を打ち消すように、俺は遊ぶように目の前の快楽に手を伸ばした。

「三条君が隣の席？」

　登山イベントも夏休みもあっという間に終わった頃。

　朝のホームルームでのくじ引きが終わり、窓際の席に移動すると、なんと隣にやってきたのは――千帆ちゃんだった。

　俺はニコッと笑みを浮かべて「千帆ちゃんだったんだ、ラッキー」と調子のいい言葉を返す。

　すると、千帆ちゃんの後ろから、明らかな殺意を感じ取っ

たので視線をずらすと、そこには彼女の番犬、伊集院紫音がいた。

「あれ、千帆ちゃんのこと、俺たちが挟む感じなんだ？何この修羅場席、漫画みたいで面白いね」

「おい、千帆のこと視界に入れたら殺すからな」

「そんな無茶なー」

千帆ちゃんを挟んでバチバチに紫音君と火花を散らしていると、千帆ちゃんは思い切り気まずそうな顔をして沈黙した。

次の席替えを強く望んでいるのは、恐らく彼女自身だろう。

千帆ちゃんをふたりで挟むといっても、紫音君は通路を挟んだ隣で、俺たちはぴったり机を合わせての隣同士。距離感ではこっちの方が勝っている。

俺は見せつけるようにぐっと千帆ちゃんに近寄って、上目遣いで顔を見つめた。

大抵の女子は俺にこんなことをされたら卒倒するくらいなんだけど……。

「ねぇ、一限の教科書忘れちゃった。見せてくれる？」

「うん、いいよ！」

千帆ちゃんには予想通りまったく効かず。

千帆ちゃんは本当に一切警戒心なく、俺との間に教科書を置いてくれた。

それにしても、この子、本当に俺のフェロモンが効いてないのかなー？

　不思議に思ってじーっと千帆ちゃんの顔を見つめていると、彼女は訝しげな表情になった。

「何、私の顔に何かついてる？」

「ううん、いつでもキスできるくらい隙だらけだなーって」

「またそんなことを言って……」

　心底呆れた顔をされたので、本当にフェロモンに当てられていないのだと分かった。

　どうしてだ？　絶対にフェロモンの作用には、逆らえないはずなのに。

　幼なじみのことが好きだから、効かないってこと？

　そんな非現実的なこと、起こり得るわけがない。絶対にありえない。

「……たい」

「ん？　三条君、何か言った？」

「ううん、何も」

　やっぱり壊したい。

　千帆ちゃん自身のことも、千帆ちゃんと紫音君の関係も、全部ぶっ壊してやりたい。

　だって、目の前でそんな純愛じみたものが成立していたら、俺はこの先どうやって生きていったらいいのか分からなくなってしまう。

　不自然なものを排除したいと思うのは、自然な気持ちだろう？

「三条君、ばいばいー！」

「うん、ばいばい」

「キャー！　挨拶返してくれた……！」

　赤面しながら去っていく女子たちを見て、ああ、今日もなんて何もない一日だったんだろうと思う。

　放課後。下駄箱に靴をしまいながら、俺は作り笑いを徐々に緩めた。

　学校内の男子からも羨望（せんぼう）の眼差（まなざ）しをひしひし感じ取り、自分は既に嫉妬（しっと）されるような存在でもなく、一般人との格がまったく違うことを自覚している。

　家は高級レストランをいくつも経営する大金持ちで、俺の未来は完全に保証されているし、結婚相手だって一般人では到底出会えないようなレベルの人が用意されることが決まってる。

　何をどう切り取ったって勝ち組。そう、アルファは生きる羨望。

　欲しいものは何もないし、失って困るものも何もない。

　そんな、退屈で空白な人生が用意されてる。

「おい、お前が三条星だな？　ぶっ飛ばしてやるから来いよ」

　校舎から出ようとすると、金髪で柄（がら）の悪い大柄な男子生徒が明らかに敵意を剥き出しにして、待ち構えていた。

　タイミングから予想するに、この前寝た先輩の彼氏だろう。

　俺はハァとため息を吐いて、何も言い返さずにスルーして通り過ぎようとする。

　しかし、とんでもない力で肩をギリッと掴まれ、立ち止まらざるを得なくなる。

「テメーを許さねえ。愛美のことを誘惑しやがって……」

「愛美？　あー、この前言い寄ってきた先輩ね。何言ってんの？　メス顔になって言い寄ってきたのは、あんたの彼女の方だからね？」

「黙れよ」

　ゴッという音が突然響いて、次に右頬にじんじんと痛みを感じた。

　鉄の味が口の中に広まって、静かな怒りがふつふつと湧いてくる。

　周りの生徒が騒ぎ出したのを見て、俺は冷たい瞳をその男に向ける。

「いいよ、場所を変えよう」

　丁度今日は苛立ってたんだ。

　いい遊び相手が見つかってよかった。

　少しは面白い一日になるかもしれない。

「ぐっ、クソ……！」

　ドサッと無様に倉庫の床に倒れ込む男を見おろしながら、俺はため息を吐く。

　なんの暇つぶしにもならない雑魚なんて、視界にすらもう入れたくない。

「少しは楽しませてくれると思ったのに、この程度かよ」

　俺はしゃがんで男の髪を掴み上げると、目をしっかり合

わせながら言い放った。

「や、やめてくれっ……」

「好きな女のために俺をぶっ殺しに来たんじゃねぇのかよ？　なあ？　何お前が死にそうになってんの？」

　アルファは、知能に長けているだけではなく、運動能力も恐ろしく長けている。

　喧嘩は生まれてから負け知らず。

　何度か金銭目的で誘拐されかけたこともあったけど、大人相手だとしても何も怖いものはなかった。

　この圧倒的な力を悪く利用するアルファも世間にはたくさんいて、よくニュースで取り上げられている。

　それでも、国はアルファを邪険にすることはできない。

　国の未来を支える、大事な大事な"素材"だから。

「お前らアルファなんて、国に消費されて死んでいくだけのくせに……！」

　俺のことを赤い目で睨みつけながら、その大柄な男は悔し涙を流していた。

　消費、という言葉を聞いて思わず手が止まったが、俺は構わず話を最後まで聞いてみることにした。

「うん、それで？」

「アルファなんてろくな人生送れるわけがねぇ！　全部持ってるのは何も持ってないのと同じだからな！」

「へー、いいこと言うね。お説教ありがとう。お礼にもう一発お見舞いしてあげるよ」

　ゴッという音が、倉庫内に響く。

　風を切って男の顔面ギリギリ真横を通り過ぎた拳は、金槌（かなづち）を振り下ろしたほどの衝撃で地面を揺らす。

　顔面蒼白となった男に、俺は笑顔で言ってのけた。

「何も成し遂げられない凡人は、黙ってその辺の凡人と一生恋愛ごっこしてろよ」

　何ひとつすっきりしない。イライラする。

　殴られた頬の痛みを感じながら、俺は駅へ向かって歩いていた。

　すぐ終われるように、情けでみぞおち一発で済ませてやったものの、あの男は容赦なく感情で殴ってきやがった。

　口の中で止まらない血を洗い流すために、俺は駅の手前にある公園に立ち寄って口の中を濯（ゆす）いだ。

　夕方ということもあり、まばらに親子が遊びに来ている公園には、まさに平凡な幸せが転がっていた。

　蛇口を捻（ひね）って水を止めると、ころころと足元にボールが転がってきた。

　思わず手に取ってあたりを見回すと、小さな男の子が俺のことをじっと見つめている。

「はい、ボール」

「あ、ありがとう」

　俺の口から少し血が出ていたせいか分からないが、男の子は少し怯えた目で俺を見ながら去っていく。

　そういえば、小さい頃にこんな公園に来たことなど、一度もなかった。

　公園に女の子がいると、皆自分に寄ってきて、注目を浴びてしまうから。

　母は幼い俺を家からまったく出さずにほぼ監禁状態にして、学校も通信制にしようか迷っていたほどだ。

　それほど、俺という存在は扱いづらく、希少で、失ってはいけない財産だったのだろう。

『お前らアルファなんて、国に消費されて死んでいくだけのくせに……！』

　平和な公園を眺めていたら、さっきの男が吐き捨てた言葉が頭の中に響いた。

　思わずふっと笑みが溢れる。本当に、その通りだと思ったから。

　全部が揃っていて、何もない。それが俺の人生だ。

　あー、ていうか、意外と打ちどころが悪かったのかも。なんか、今更目の前がクラクラしてきたし、気持ち悪いな。あいつ、素人のくせに思い切り殴ってきたもんな。

「くっそ……」

「三条君！」

　そのまま地面に倒れ込みそうになったその時、ふと俺を呼ぶ声がして、俺は誰かに抱き止められた。

　フェロモンですぐにその相手が誰か分かったけれど、俺は発情するわけもなく、穏やかな波に包まれるかのような安心感の中、意識を手放した。

　目を開けると、思い切り心配したような顔の千帆ちゃん

が視界いっぱいに広がった。

　なぜか彼女はクレープを片手に持っていて、上から俺の
ことを見おろしている。

「起きた！　どうしようかと思った！」

　キョロキョロとあたりを見回すと、場所はさっきの公園
のままで、俺は今ベンチに寝かされているらしい。

　一瞬、膝枕をされているのかと勘違いしたが、俺の後頭
部には千帆ちゃんのリュックがあるだけで、彼女はリュッ
クの隣に座っていた。

「公園の隣にできたクレープ屋さんから出て来たら、三条
君が倒れそうになってるんだもん！　驚いたよ！　大丈
夫？　病院行く!?」

「あー、それでクレープね……。今日、紫音君は？」

「紫音は今日、塾の日なの」

　ゆっくり体を起こしながら問いかけると、千帆ちゃんは
あっけらかんと答える。

　最悪だ。よりによって千帆ちゃんにこんな弱っていると
ころを見られてしまうだなんて。

「そうだったんだ。助けてくれてありがとう」

　お礼を言うと、千帆ちゃんはまだ心配したような顔で俺
のことを見つめていた。

　あー、何その可愛い顔。色白で丸顔でほわんとした優し
い顔立ちで、オメガとか抜きにして、顔が普通にめっちゃ
好きなんだよなー。

　そんなことを思いながらじっと彼女の顔を見つめ返す

と、いきなりスッと手が頬に触れた。

「喧嘩でもしたの？ ここ、腫れてる……」

「心配してくれるの？ 千帆ちゃんがここにキスしてくれたら治るかもー」

ニコニコと胡散臭い笑みを浮かべながらテキトーに返すと、千帆ちゃんは思い切り不機嫌そうな顔になる。

そりゃそうだ、看病した相手にこんな軽率なことを言われたら誰だって気分が悪いだろう。

でも、軽口を叩いて本心を悟られないようにする癖が、どうしても抜けない。

千帆ちゃんはハァと大きなため息を吐いてから、「もう大丈夫そうなら行くね」と立ち上がった。

俺はそれを止めることなく、ひらひらと手を振る。

「バイバイ、道中気をつけてね。クレープ溶けないうちに味わって」

「うん、また明日学校でね」

これ以上近くにいると、フェロモンの作用でキスしたくなっちゃうところだったし。

千帆ちゃんの後ろ姿が見えなくなるまで薄い笑顔を浮かべながら見送ると、俺はふぅとひとつため息を吐く。

よし、さっきよりはだいぶ体調もマシになったな。あと少し休んだら行くか……。

なんて思っていると、同じ学校の制服を着た女生徒が、何やら俺のことを遠くから指差しているのが見えた。

よく見たら、写真も撮られている。

　彼女達が何を言っているかは分からないが、キャーキャー黄色い声が聞こえてくる。

　あーあ、めんどくさ。

　心底そう思いながらも、無感情で手を振り返す。

　お前らのミーハー心を満たすための見せ物じゃねぇんだよ。

　どうせアルファという建前と外見にしか興味がないくせに。

　空っぽな俺の気持ちなんて、一生誰にも分からないだろう。

　周りから見たら俺は、なんでも手にしているカースト上位の人間なんだから。

『アルファなんてろくな人生送れるわけがねぇ！　全部持ってるのは何も持ってないのと同じだからな！』

　小一時間前に言い放たれた言葉が、ふたたび頭の中を駆け巡る。

　その瞬間、ズキッとこめかみ付近に痛みが走った。更に、女子のキャーキャーという声がその頭痛を煽っていく。

「うるせぇよ……」

　俺は頭を抱えながら、小さく低い声で呟いた。

　幼い頃から、色んな人から羨望の眼差しを浴びて生きてきた。

　俺の何も知らないくせに。顔しか見てないくせに。アルファのフェロモンにやられてるだけのくせに。

　あの声は、いったい何を求めているんだ、俺に。

　頭が割れそう。おかしくなる。俺のことを誰も知らない世界へ、飛んでいってしまいたい──。

　頭を押さえたまま俯いていたその時、なぜか突然目の前に真っ赤な毬（いちご）が載ったクレープが現れた。

「三条君にも買ってきた」

「は……？」

　わけの分からないまま顔を上げると、そこには少し息を切らした様子の千帆ちゃんがいた。

　彼女は俺の前にずいっとクレープを差し出して、真剣な顔をしている。

「なんで？　さっき帰ったはずじゃ……」

「甘いもの嫌い？」

「いや、別に好きだけど……」

　戸惑いながら答えると、千帆ちゃんはにこっと笑ってこう答えた。

「じゃあ、食べて。なんかやっぱり元気ない気がして、気になって戻ってきたの。甘いもの食べると、元気出るよ」

「え……」

「すごい苦しそうな笑顔だったよ」

　千帆ちゃんの言葉に、俺はまた冗談で返すつもりが、すぐに言葉が思い浮かばなかった。

　笑顔が胡散臭いことは自分でも自覚していたけれど、それでみんなが俺への期待感を保っていられるのなら、それでいいと思っていたから。

　答えられないまま、クレープを持ったまま固まっている

俺の隣に、千帆ちゃんがよいしょと座り込んだ。

「なんか、ずっと思ってたんだけど、三条君て目の奥が笑ってないし、軽口しか叩かないから、本性が読めないんだよね」

「あはは、めっちゃ言うじゃん、千帆ちゃん」

「疲れる？　やっぱりアルファでいるのって、大変？」

「は……？」

　アルファでいいなと言われることは今まで何度もあったけれど、アルファが大変かと聞かれたのは初めてだった。

　驚きまた言葉を失っていると、千帆ちゃんはクレープを食べながら話し続けた。

「ずーっと人の注目浴びてるんだもんね。紫音も小さい頃、大変そうだったし。まあ、紫音の場合は不機嫌オーラ飛ばして、周囲に近寄るなアピールしてたけど」

　うん、紫音君ならめっちゃ想像がつく。

　乾いた笑みを浮かべながら聞いていると、千帆ちゃんは俺を見てこう言い放った。

「三条君も、それくらいたまにしていいんじゃない？　仕事でもないのに二十四時間アイドルは、疲れちゃうよ」

「んー、でも俺が急に冷たくなったら女の子達びっくりしない？」

　俺の回答に、千帆ちゃんはふっと笑みを浮かべる。

「それくらいしないと、三条君が同じ人間だってこと、みんな忘れちゃうかもよ？　三条君も、一般生徒で、同い年の、ただの男の子なのに」

「えー、はは、何それ」

「全員の期待を背負う義務なんてないんだからさ、笑いたくない時は笑わなくていいでしょ」

　そう言って、千帆ちゃんはあっけらかんと笑った。

　その素直な笑顔を見て、自分の目だけに焼き付けたいと思った。誰にもこの笑顔を渡したくないと感じた。

　唐突な感情の変化に戸惑いながらも、ドッドッと早鐘（はやがね）のように鳴っている心臓をなんとか落ち着けようとする。

　待て待て、落ち着け……。

　これはオメガのフェロモンにやられているだけなのだから。

　でも、千帆ちゃんは、本当に、俺のことをアルファという色眼鏡なしで、個人として見てくれている。

　対等だと……、同じ人間だと思って見てくれている。

　誰かと目線が合うことが、こんなにも嬉しいことだなんて、知らなかった。

　だから思わず、俺は今まで気になっていた質問を千帆ちゃんにぶつけてしまった。

「千帆ちゃんは、俺のこと見てドキドキしたりしないの？俺も紫音君と同じアルファだよ」

　そう言うと、千帆ちゃんはきょとんとした顔になって、「ドキドキ……？」と呟いて顔を顰（しか）める。

　それから、考えに考え抜いて、彼女は答えを口にした。

「三条君からは確かに、他の生徒とは違うオーラを感じるし、近寄ったら危険な空気感は肌で感じ取れるよ」

「あ、そうなんだ。それは感じてるんだ」

「うん、なんとなくだけど」

　こっちは正直もう耐えられないくらいクラクラしてるけど。

　やはり彼女が感じてるフェロモンは、俺の半分以下のような気がしてならない。

　単に鈍いのか、好きな相手が他にいるからなのか……。

　好きな相手、と言う単語が頭をよぎった瞬間、なぜか少しだけ胸がチクッとした。

　その痛みを隠すように、俺は少し意地悪な発言をしてしまった。

「千帆ちゃんは紫音君のことが好きなのかもしれないけど、それってただフェロモンが作用してるだけとは思わないの？　勘違いかもしれないじゃん」

　そう言い放つと、千帆ちゃんはしばらく考える素振りをして固まった。

　言ってから後悔した。こんなこと言って千帆ちゃんを傷つけても、彼女は俺のことを見たりはしないのに。

　……ん？

　俺は紫音君に今、嫉妬してるのか？　まさか……。

「確かに、惹かれ合う理由はアルファとオメガの特性もあるかもしれない！　でも、それ含め紫音と私だから、いいかなって開き直ってる」

「え……」

「むしろ、本能レベルで惹かれ合ってるってことで！」

　パッと明るい笑顔を向けられて、俺は思わず言葉を失う。

　俺が言い放った嫌みも全て受け入れて、自分の考えを伝えてくれる千帆ちゃんが、眩しくて仕方がなくて。

　本能レベルで、惹かれ合う……？

　特性も受け入れた上で、ふたりは一緒に愛し合ってるというのか。

　そんなことを言われたら、まったく入る隙がない。

　俺は思わず胸あたりの服を掴む。

　こんな気持ち、今まで知らない。だって、全部奪って生きてきたから。

　こんなにも胸がズキズキと切なく痛むのは、千帆ちゃんのことが欲しくて仕方がないから。

　しばらく黙っていると、千帆ちゃんはまたずいっとクレープを差し出してきた。

「また暗い顔になってる。はい！」

　少し戸惑いつつも、ばくっと苺がある部分を食してみる。

　甘い味が口の中に広がって、確かに少し幸せな気持ちになった。

「美味しい？　少しは元気出た？」

「うん……」

「よかった。なんか今日の三条君、弱ってるせいかやたら素直で可愛いね」

　可愛いなんて言われたって、ちっとも嬉しくない。

　拗ねた口調で「からかわないでよ」と言うと、千帆ちゃんは俺の肩をぽんぽんと優しく叩いた。

「こういう、完璧すぎない、自然な三条君の方が怖くない」

「何それ、今まで怖がってたの？」

「はは、バレた」

　いたずらにそう言い放つ彼女を見て、ドクンと大きく心臓が跳ねる。

　完璧じゃない俺でもいいと、そう言われた瞬間、胸の内側から何かが優しくほぐれていくのを感じた。

　ずっと自分をがんじがらめにしていた何かが、千帆ちゃんを前にするといとも簡単に緩んでしまう。

　こんな感情、今まで会ったオメガに抱いたことなど一度もない。

　相手が彼女だから——千帆ちゃんだから。

　それが分かった瞬間、ぶわっと顔に熱が集まるのを感じた。

「三条君、顔が赤いよ？　やっぱり熱があるんじゃ……」

「うわっ」

　頬をまた触られそうになって、俺は今度は過剰に反応して避けてしまった。さっきは軽い冗談を言う余裕まであったのに。

　避けられた千帆ちゃんは一瞬動揺したものの、すぐに「ごめん」と手を引っ込める。

　俺はその引っ込められた手を思わず掴んで、信じられないほど余裕のない声を出してしまった。

「違う！」

「へっ、な、何が……？」

「今のは、千帆ちゃんを拒否したわけじゃなくて……！」

「う、うん、大丈夫だよ……？　あっ！　紫音からメッセージ届いてるからそろそろ帰るね」

　ポケットの中で震えたスマホを見て、千帆ちゃんはすくっと立ち上がった。

　残りのクレープをばくばくと食べ切って、包み紙を丸めている。

　余裕のない俺なんかに見向きもせず、紫音君のメッセージひとつで行動する千帆ちゃん。その一連を見て、俺はまた密かに嫉妬の火を燃やしていた。

　愛なんてくだらない。アルファが好きな人なんか作ったって仕方ないと思ってたけど、もうここまできたら自分の気持ちを否定できない。

　俺は、千帆ちゃんのことが欲しくて仕方ない。オメガだからではく、彼女が彼女だから。

「じゃあまたね、三条君！」

「うん……、また」

　いつも通りの笑顔を浮かべて見送ったけれど、俺は心中で紫音君に宣戦布告をしていた。

　番の仮契約を結んでいるみたいだけど、俺には関係ない。

　生まれて初めて、ここまで何かを欲しいって思ったんだ。

「手加減しないよ、紫音君」

　呑気に帰って行く千帆ちゃんの後ろ姿を見ながら、そっと呟いたのだった。

理性と本能の間　side紫音

　新緑(しんりょく)の葉があっという間に黄色く色づき、秋が訪れた。

　毎年この季節になると、気持ちが憂鬱になってくる。

　なぜなら、伊集院家主催(しゅさい)の大きなパーティーがあるからだ。

　伊集院財閥は多岐(たき)にわたり事業を展開しているが、メインはホテル経営で、いくつもの高級ホテルを所持している。

　各取引先や著名人を集めて開かれるこのパーティーは五百人規模で、幼い頃から強制的に参加させられていた。

　父は俺を次期跡取りとして挨拶回りをさせ、俺も取引先の顔と名前を覚えることに全神経を使う。

　登山でもまったく疲れない俺が、唯一(ゆいいつ)体力を消耗(しょうもう)する日だ。

「紫音、今年もパーティーが近づいてきたわね」

「母さん、まだ全然準備してないみたいだけど、大丈夫？」

「あー、本当に面倒だわー。お母さん、その日腹痛起こさないかしらー」

　海外から取り寄せたという、百万円以上はする革張りのソファーに母は女王様みたいに座っている。

　俺はコーヒーを片手に、そんな母を見おろしながら通りすぎて、窓際にあるロッキングチェアに腰掛けた。

　アルファの父に一目惚れされて結婚したオメガの母は、結婚するまでは父が通っている美容院で働いていたらし

い。

　今までモテ倒してきた父は、女性の顔が全員野菜に見えると言って、ずっと独身を貫くと決めていたらしいが、母だけは人間に見えたらしい。この話は何度聞いてもよく分からないが。

　母は戸惑いつつも、あまりにしつこいアタックに気圧（けお）され、お試しで付き合い始めたのだとか。

　ちなみにそんな父は今日も海外出張で家にいない。

「なーんで見ず知らずの人間にぺこぺこして体力消耗しなきゃなんないのかしらー」

「母さん……、ワイン飲みすぎだよ」

「なんか楽しいことがあればいいんだけど……あ！　そうだわ！」

　母は突然ワイングラスをテーブルに置いて、パチンと両手を合わせて輝く瞳をこちらに向けた。

　既に嫌な予感しかしない。

　「何？」と眉を顰めながら問いかけると、母はより一層目を爛々（らんらん）とさせる。

「千帆ちゃん呼べばいいじゃない！　未来の花嫁さんですーって挨拶回りすれば？」

「ぶっ」

「最近会えてなかったし、私も千帆ちゃんに会いたいわ！　それで髪型いじってドレスアップさせたりなんかしちゃって……！」

　ひとりで舞い上がってる母の向かいで、俺はコーヒーを

噴き出しかけ、なんとかむせないように呼吸を整える。

　千帆をパーティーに呼ぶだなんてもってのほかだ。もし
バカな男どもが千帆のフェロモンにやられたらどうするん
だ。

　参加者の男性はアルファがほとんどだし……。ない。ど
う考えても、絶対にない。

「母さん、それは絶対無理……」

「あー、千帆ちゃん？　元気ー？　おばちゃんも元気よー。
それでね、来週の土曜日って空いてるかしらー？　パー
ティーに招待したいなーと思ってー」

「おい！」

「うんうん、もちろん紫音もいるからー！　たくさんご馳
走もあるわよー！」

　俺があれこれ不安を募らせている間に、母は即座に千帆
に電話をかけていた。

　ていうか、いつから電話番号交換してたんだ？

　急いでスマホを奪ったけれど、母は既に話を終えて通話
を切っていた。

　青ざめた顔で、俺は母を睨みつける。

　しかし母は、ルンルンという効果音が聞こえてきそうな
ほど浮かれている。

「千帆ちゃん来れるって！　ご馳走あるって言ったら即答
だったわ」

「あのバカ……」

「さーって、千帆ちゃんに着てもらう可愛いドレス、取り

寄せなくちゃー！　間に合うかしら！」

　絶対、千帆を人形にして遊びたいだけだろ……。

　女の子を可愛くしたい欲が溜まりすぎて完全に暴走してる母は、誰も止めることはできない。

　俺はがっくりと肩を落としながら、どうやって男から千帆を守るかだけを考えていた。

　　　　　○

　パーティー当日。母親に強制的に髪の毛をいじられた俺は、全体的に髪の毛をゆるく巻かれ、長い前髪もセンターパートにされた。

　グレーのスーツに着替えて、伊集院家の者であることを表すバッジを胸元につける。

　鏡に映った自分を見て、不安なため息を吐いた。

「やり切れる気がしない……」

　母と千帆は隣の部屋に龍りっきりで、恐らく千帆は着せ替え人形のようにされているんだろう。今日までに、母が何着もドレスを取り寄せていたから。

　父は先に会場に向かっており、現地で集合することになっている。

　リビングに移動し、ソファーの周りをウロウロしながら落ち着きなくしていると、ガチャリとドアが開く音がした。

　バッと振り返るとそこには、ふんわりと巻いた髪の毛をハーフアップにした、淡い水色のドレス姿の千帆がいた。

「紫音お待たせー！　千帆ちゃんのドレス姿どう？　可愛いしかないでしょう！」

「紫音、待たせてごめん……！」

　ドレスはオフショルダーで、千帆の白い肌が見えている。

　俺は千帆の全部に釘付けになりながら、その場に棒立ち。

　明らかに千帆の周りに、キラキラ輝くオーラが見えるし、全生き物の中で間違いなく一番可愛い。

　いつも身だしなみはテキトーな千帆なのに、こうしてドレスアップすると普段隠している可愛さが有り余るほど出てしまう。

「し、紫音……？」

　恐る恐る問いかけてくる千帆の肩を、俺はガシッと掴んだ。

「ダメだ。この姿を他人に見せるとか、耐えられない」

「え？」

「料理ならこの部屋に取り寄せるから、千帆はここで待機し……」

　そこまで言いかけると、ものすごい勢いで母に背中をグーで殴られた。

「何言ってんの？　可愛いものは沢山の人に見てもらわなきゃ、世のためにならないでしょう？」

　母の静かな怒りを感じながら、じーんと痛みが走っている背中を押さえた。

　そうこうしてる間に母は「さあ行きましょう」と千帆を車まで案内して、歩みを進めている。

　嘘だろ……。あんな姿の千帆を見たら、どんな人種だって耐えられない。

　不安しかないまま、俺は仕方なく車に乗り込んだ。

　パーティー会場は、伊集院家が経営する最もハイクラスなホテルだ。

　一泊五十万から受け付けている高級ホテルを今日は貸しきり、盛大に開催する。

　芸能人や政治家も集まる会場に、俺たちはなんとかたどり着いた。というか、たどり着いてしまった。

　俺はげんなりとした表情のまま、ドレス姿の千帆をエスコートする。

「じゃあ千帆ちゃん、紫音、私はここで。お父さんと合流したらまた会いにいくわー」

　母は父が迎えに来るまで待機するらしく、会場とは別にあるゲストルームへと向かった。

　ひらひらと手を振ってエレベーターに向かう母を見送ってから、俺は念押しするように千帆に問いかける。

「千帆、ちゃんとフェロモン抑制剤は飲んできたんだろうな？」

「もちろん！　集中して食べたいし、ばっちり飲んできました！」

「…………」

　親指を立てて自信満々な笑みを浮かべる千帆を見て、最高に不安になる。

本当にやり過ごせるのだろうか……。

こんなに可愛い姿、どこにも晒(さら)したくない。

でも、確かに抑制剤はしっかり効いているようで、クラッとするような強烈なフェロモンは感じない。これなら突然襲われるようなことはないか……とひとまず安心する。

「紫音ごめん、お手洗い行ってきてもいいかな？」

「了解。場所はこの突き当たりにあるから。俺はここで待ってる」

「分かった！」

　前も見ずに歩き出す千帆にまた不安になりながらも、俺はパーティー会場の広間の入り口で彼女を待つことにした。

　腕組みしながら千帆を待っていると、こそこそと周りの女性の話し声が聞こえてくる。

　アルファで大財閥の御曹司(おんぞうし)……という肩書きに、揃いも揃って興味津々なのだろう。自分が築いたわけでもない功績(こうせき)でもてはやされても何も嬉しくない。

　ずっと不機嫌そうに俯いていたけれど、ふと熱烈な視線を感じて、たまらなくなり嫌々顔を上げる。

　するとそこには、自分と同い年くらいの女性が目を潤(うる)ませて立っていた。

「あのー、伊集院紫音様……ですか？」

　肩につかないくらいの長さのボブカットで、黒いドレスを着こなしたその女性は、恐る恐る俺を見つめている。

　誰だ……？　どこかで見たことがあるような気もするけ

ど……。

　眉を顰めて黙っていると、彼女の方から自己紹介をして
きた。

「あ、私、伊集院家にお世話になってる、花屋の娘の、鈴
山翠です……！　いつもありがとうございます」

「ああ、昨年挨拶したような……。どうも」

　そうだ。全国で展開される大手花屋の娘だ。確か年がひ
とつ上の……。

　鈴山花園には、ホテルに飾る花を毎度手配してもらって
いる。恐らく今回のパーティー向けの花も全部鈴山家の仕
事だろう。

　確かこの娘の父親がごりごりの営業で、かなり強く提携
を迫られたんだっけ……。

「今年もお招きいただき光栄です！」

　花屋の娘がペコッと頭を下げると、丁度後ろから彼女の
父親と俺の父親が一緒に姿を現した。

「やーやー、伊集院家のご子息様！　うちの娘と仲良くし
ていただきありがとうございます！」

　色黒で白髪混じりの鈴山社長が、俺を見つけた途端ニ
コッと目を細める。

　オールバックヘアの父も、隣で穏やかな笑みを浮かべて
おり、俺に片手を振って挨拶をしてきた。

「紫音、無事に会場に着いてたんだな」

　父の言葉に、俺は「はい」と返事をした。父と仲が悪い
わけではないが、こういう場所では立場上敬語で話すよう

152

にしている。

　そんな俺たちの間に、鈴山社長は自分の娘をずいずいと差し出してきた。

「昨年ご紹介させていただいたばかりですが、うちの娘がすっかり紫音君を気に入ってしまったようで……！」

「ちょっ、ちょっとお父さん！」

　鈴山社長の言葉に、彼の娘は顔を赤くしている。

　俺は「光栄です」と言って仮面の笑顔でサラッと流したけれど、鈴山社長は食い気味に迫ってくる。

「伊集院代表、どうですか？　うちの娘はいつでも嫁に出せますが……」

「ハハハ、ありがたい話ですね」

「ちょっとパパ、困らせてるからやめてってば！　伊集院さんにも恋人がいるかもしれませんし……」

　娘さんからチラッと媚びるような視線を感じたので、俺はさっと目を逸らした。

　その手の話を、なぜまだ関係値の浅い自分達にしなければならないのか。

　千帆のことを紹介するまでもないと思った俺は、なんとかテキトーに話を切り上げて会話を終わらせようとした。

　しかし、酔っているのか鈴山社長は饒舌だ。

「うちの娘も優秀なアルファでね……！　番は他所で作って、家族全員アルファに……なんてエリート一家にもなれますよ」

「ハハ、まあ……そういうご家庭もたまにありますね」

父の笑顔もかなり引き攣っている。

アルファを高確率で産むことができるのは、オメガだけ。

そのため、家族全員アルファにするために、子供は他所の番と、なんて恐ろしい考えを持っている財閥も稀にある。もしかして、鈴山家は代々そういう家系なのかもしれない。

うちの家系では一切そんなことはありえないが、まさか本当にそんなバカな考えを真に受けている大人が現実にいるとは……。

本当に、心の底から軽蔑する。

俺の冷え切った表情に気づいた鈴山社長の娘は、それまで大人しく頷くだけだったのに、「パパ！」と青い顔をして引き止めようとした。

しかし、鈴山社長は言葉を止めない。

「我々優秀なアルファだけで家族になる方が、お国のためにもなる。効率がいい。そう思いませんか」

「……鈴山社長」

静かな怒りを沸騰させ、今にも殴りかかりそうな俺を押さえて、父がそっと社長の名を呼んで止めに入った。

一言一言全て、とんでもない侮辱だ。

アルファの世界では、こんな勘違い人間の発言にげんなりすることは今までも多々あった。

アルファ以外の人間には価値がないと思っているアルファがいるということは、悲しいけれど事実だ。

だけど今はもう、我慢できそうにない。

父を押し退けて怒りを吐き出そうとすると、饒舌に話す

鈴山社長の後ろに、ぽつんと立ち尽くしている千帆がいた。

「千帆……」

　もしかして、全部聞かれた……？

　いつからそこにいた？

　千帆に……一番聞かせたくない汚い話を、聞かれてしまったかもしれない。

　千帆はぽかんとした顔のまま、俺たちのことを見つめている。

「千帆ちゃん、パーティーに来てくれていたんだね。妻から聞いてたよ」

　パッと表情を明るく切りかえて、父が千帆に優しく話しかける。

　すると鈴山社長は、くるっと後ろを振りかえり、「おお、これはこれは美しいお嬢さん。どこの財閥のアルファかな」なんて言ってのけた。

　その瞬間ブチッと頭の中で何かがキレて、俺は鈴山社長の腕を強く掴んだ。

「な、何かね……！」

「紫音！」

　焦る鈴山社長を目で殺す勢いで睨みつけていると、千帆が珍しく声を荒らげた。

　俺の行動を止めようとしていた父も、俺の名を呼んで制した千帆を見て固まっている。

　千帆は鈴山社長のことを見据えると、まっすぐ答えた。

「私は、ただの"人間"の、花山千帆です。同じく"人間"

の紫音さんと仲良くさせていただいてます」

「に、人間の……？　ハハ、面白い子だね」

「紫音、私、先に会場入ってご飯食べてるね！」

　そう笑って言って、俺に手を振る千帆。

　そんな千帆の言葉を理解できずに、乾いた笑みを浮かべている鈴山社長とその娘。

　あんなことを言われても、強くまっすぐな瞳の千帆を見たら、胸がギュッと苦しくなった。

　俺とこんな場所に来たから、差別を受けた。

　俺がアルファだから、要らぬ傷を負わせた。

　俺と一緒にいたから、千帆は傷つけられた。

　いくつもの罪悪感が、激しく心臓を揺さぶってくる。

「千帆……！」

　千帆のことを呼び止めようとしたけれど、すぐに人混みに紛れて見えなくなってしまった。

　頭の中で何かがスーッと冷めていく感覚に襲われた。

　バカだ。今、罪悪感なんて抱いてる場合じゃない。俺はこの怒りを、見過ごすわけにはいかない。

　俺は鈴山社長の腕を離すと、鈴山親子をキッと見据える。すると、色んなことに鈍い鈴山社長は乾いた笑みのままバカげた質問をしてきた。

「あの変わった子は、まさか紫音君の恋人とか……？　ハハ、なんてね」

「彼女は恋人ではありません」

　俺の回答に、一瞬嬉々とする鈴山親子。

「彼女は婚約者です。来年の春には番関係を結びます」

　しかし俺は一秒後に彼らの期待を思い切り裏切ってやった。

「えっ、番って、じゃああの子はオメガ……!?」

　ふたり揃って同じ言葉を発する鈴山親子に、俺はグッと迫って冷たい視線を向ける。

「それが何か？」

　低い声に驚いたのか、鈴山社長の娘は泣きそうな顔になっている。ふたりとも俺より背が低いので、威圧するには簡単だった。

　そのまま睨みつけていると、後ろからポンと肩を叩かれ、振り返ると父がこそっと耳打ちしてきた。

「気持ちは分かるが、今は大事な恋人のそばに行くべきでは？」

　そう言われ、少し冷静さを取り戻す。

「すみません。……ここで失礼します」

　俺は父に一礼してから、言われた通り全部を父にまかせて会場内へと足を運んだ。

　何か言いかけた鈴山社長の娘のことなど、一切見向きもせずに。

　──名誉も富もいらない。

　伊集院家の御曹司なんて肩書き、いつだって捨てられる。

　俺の人生には、千帆がいれば、それでいい。

　大袈裟でもなんでもない。千帆は俺の光そのものなんだ。

「いた……！」

　ようやく見つけた千帆は、会場内で予想通り男どもに囲まれていた。

　嫉妬に燃えた俺は、千帆に群がる男性三人のうちひとりの肩をグッと掴んで、鋭い視線を向ける。

「彼女に何か用でも？」

「えっ、あっ、あなたは伊集院のご子息様……!?」

　俺の顔を見て一気に顔面蒼白となった男性たちは、俺と千帆に視線を行ったり来たりさせて動揺している。

　俺たちの関係性を聞こうとして迷っているのだろう。

　千帆は「紫音……」と俺の名を呟いて、困惑しながらこっちを見ている。

「ち、違うんです！　彼女のイヤリングが取れてしまったみたいで、俺たちがそれをつけてあげようかと言っただけでして……！」

　焦って弁明し始める男性の言う通り、千帆の手にはダイヤのイヤリングがあった。

　彼らの言うことは事実だったけれど、下心があったことは明らかだ。

「ほ、本当だよ紫音、ちょっと髪の毛触ったら片方だけ落ちちゃって、この人たちが拾ってくれたの。だから紫音は取引先との話に戻って大丈夫だから……！」

「貸して」

　俺はダイヤのイヤリングを手に取ると、千帆の髪の毛を掻き上げる。

　流れるようにイヤリングでパチンと耳を挟んでから、

そっと耳元で囁いた。

「……千帆が誰かに触られて冷静でいられるほど、俺余裕ないんだけど」

「え……」

「分かってるでしょ？」

首筋を指で撫でながらそう問いかけると、珍しく顔を赤らめる千帆。

俺はそんな彼女の顔を隠すように、更に片手で抱き寄せた。

そして、茫然自失としている三人を思い切り睨みつけて牽制（けんせい）する。

「で、俺たちの関係、聞いておきますか？」

「い、いえ、とんでもございません……！」

そそくさと去っていく三人衆を見送ってから、俺は千帆の肩を抱いたまま会場から連れ出す。

千帆は慌てた様子で俺の顔を見ているけれど、無視をした。

もう千帆を、誰にも貶（けな）されたくないし、誰にも見せたくない。

会場を出る時にチラッと鈴山親子と父を見かけたけれど、父が笑いながら怒りを爆発させている様子が遠くからも見て取れた。

きっと今は、契約解消の話でも爽やかな笑顔でしているんだろう。

オメガの侮辱は、自分の愛する妻の侮辱にも繋がるのだ

から。

　俺は黙って千帆をエレベーターまで移動させると、最上階の部屋まで連れて行った。

「こ、こんな部屋勝手に入っていいの!?　ていうか、パーティーもうすぐお父様のスピーチとか始まるんじゃない?」

　最上階の部屋は、一泊八十万近くするスウィートルームだ。

　今日は元々この部屋に泊まるつもりだったから問題ない。

　キングサイズのベッドがふたつ余裕で置けるほどの広さの寝室と、上等な家具が揃ったリビングルーム。

　ほとんど壁はガラス張りで、宝石のように輝く夜景が見おろせる。

　俺は寝室へと千帆を連れていくと、ドサッとそのままの勢いで押し倒した。

「し、紫音……!　どうしたの、何か喋って……!」

　水色のドレスを少しだけはだけさせた千帆が、動揺に満ちた瞳を俺だけに向けている。

　俺はそんな彼女の額にチュッとキスをしてから、覆い被さるようにして強く抱きしめた。

「ごめん、あんなこと聞かせて、傷つけて……」

　ようやく出た言葉は、頼りなく震えた。

　それなのに、千帆の体を抱きしめながら、俺はこの手を

絶対離したくないと思っている。

　俺のそばにいると、きっと千帆は大変な思いをする。これから先もずっと。

　分かっていたことなのに、感情の制御（せいぎょ）が効かない。

「……紫音、顔見せて」

「いやだ」

「なんで！　見せて！」

「無理。今わけ分かんない顔してるから」

　子供みたいな言葉を返すと、グッと顔を掴まれて、無理矢理見つめ合う体勢にされた。

　まん丸で透き通った瞳と視線が絡み合い、俺はその可愛さに頭がおかしくなりそうになる。

　いくら抑制剤を飲んでいるといっても、俺の千帆に対する思いが強すぎて、こんなに近づくとクラッとするほどのフェロモンを感じてしまう。

「あのね、私本当に何も気にしてないから！　そりゃ、アルファの女性と紫音のツーショットがお似合いすぎて、ちょっとだけ悲しくはなったけど……」

「何が？　どこが？　全然お似合いなんかじゃないしガチで一ミリもありえないから」

「怖い怖い！　目が本気だよ！」

　真顔で淀（よど）みなく言い返すと、千帆は慌てて俺を宥める。

　千帆がまさかそんなことまで思っていただなんて……。

「あのおじさんには、すっっごく腹立ったけど、本当にちょっとだけ勉強にもなった！　アルファとオメガが対等

に付き合うって世間的に難しいこともあるんだろうなって
分かったから」
「千帆、そんなこと真に受けなくていい」
　達観した意見を述べる千帆を見て、チクリと胸が痛んだ。
　こんなこと、どうして千帆が学ばなきゃならないんだ。
「だから私、幸せだなって思った」
「……え？」
　思わぬ言葉に、俺は眉を顰める。
　何がどういう意味で幸せに繋がるのか、まったく分から
ない。
「私のことをひとりの人間として見てくれる紫音と出会え
てよかった」
「何……それ」
「紫音のような人がアルファでよかった。そんな紫音と番
になれる私は幸せ者だよ」
　千帆はそう言い切って、俺のことを今度はギュッと抱き
しめた。
　千帆に抱きしめられながら、俺は胸の中で爆発している
感情に全身を締め付けられていた。
『紫音のような人がアルファでよかった』
　ダメだ、もう、嬉しくて、愛おしくて、たまらない。
　いつだって千帆は、俺の黒い不安をいとも簡単に溶かし
てしまうんだ。
「紫音、私ね、この前の山登りの時、紫音がいてくれて本
当によかったって思ったよ」

　そんなの、俺の台詞だ。

　いつだって救われてるのは俺の方だ。

　千帆のことを勝手に好きになって、番になろうと強引に丸め込んで、ずっと手離せずにいる。

　千帆という光を失いたくなくて必死になってる俺は、身勝手で余裕がなくてダサい男だ。

「私、紫音に大切にしてもらえるだけで、十分幸せだよ」

　それでも千帆は、どうしてか俺のそばにいてくれるんだ。

　俺のダメなところを全部知っていても。

　完璧じゃない俺を、笑って見ていてくれる。

　そんな人を、どうして守りたいと思わずにいられるだろう。

　ああ、もう、ダメだ。千帆の全部が愛しくて、千帆の全部が欲しくて仕方ない。

「ひゃっ、紫音……？」

　俺のことを抱きしめていた腕を剥がして、俺は千帆の首筋に唇を寄せた。

　甘いリップ音が響いて、千帆の体がギュッと強張（こわば）る。

　鎖骨や肩……露出している肌の全部にキスを落として、このまま食べてしまいたいくらいの衝動と闘う。

「千帆……」

「やっ、待って……っ」

「ごめん、無理」

　クラクラする。頭の中が沸騰したみたいで、正常な判断ができなくなっている。呼吸も乱れる。

　"好き"という感情が、"本能"と入り混ざって、どうしようもなくなる。

　その丸い瞳も、雪みたいに白い肌も、長いまつ毛も、赤い唇も、小さな爪も、全部全部俺のものにしたい。

　——これが、アルファの支配欲なのか？

　俺は今、千帆を支配したいと思っているのか？

　分からない。感情の全部が混ざり合って、いっそ千帆と一緒にどろどろに溶け合ってしまいたいとさえ思っている。

　鎖骨から胸元に唇を移動すると、千帆の体が震えた。

「ねぇ、どこまで許してくれる？　千帆」

「え……？　どこまでって、どういう……」

「ここまで？」

「ど、どこ触ってるの……！　全然ダメだよ！」

「うん。じゃあ、頑張って抵抗して」

「ひゃっ……！」

　そう言って、俺はふたたび同じところを優しく触った。

　我ながら性格が悪いと思う。

　困った千帆を見ることが、こんなにも楽しいだなんて。

　もし今、お互いに抑制剤を飲んでいなかったらどうなっていたんだろう。

　きっと俺は、夢中で千帆を求めてしまっただろう。

「もう、紫音！　いい加減に……！」

　半泣きで千帆がそう言いかけたところで、チャイム音が鳴った。

　俺と千帆はピシッとその場に石のように固まって、しばらく動けなくなる。

　シーンとしていると、半狂乱の母の声が微かに聞こえてきた。

「千帆ちゃーん！　花屋のクソジジイに何か言われたんだってー!?　この部屋にいるのー!?」

　激しくノックをしながら問いかけてくる母に、俺は深いため息を吐く。

　でも、心のどこかでホッとしていた。このまま止まれなかったら、本当に千帆をどうにかしてしまっていたかもしれないから。

　俺と千帆はサッと身だしなみを整えて、母がノックしているドアを開けた。

　すると、目を潤ませた母が俺をドン！と押し退けて千帆の元へ行き、ギュッとハグをした。

「ごめんね千帆ちゃん、おばちゃんがこんなパーティーに呼んだばかりに嫌な思いさせて……！」

「紫音ママ、全然気にしないでください……！」

「あの花屋のジジイとの契約はさっきお父さんが切ってくれたから安心してね！　ほんっと古い考えのアルファって嫌ね！」

　さすがだ……。もうそこまで話を進めていたのか。

　一度怒らせたら笑顔のまま仕返しして去っていく……という性格は今も変わっていない。

　顔面蒼白となった鈴山親子の顔が目に浮かぶようだ。

「千帆ちゃん。同じオメガとして、もし辛いことがあったらおばちゃんに言うのよ？　分かった？」

「あは、紫音ママがいるなら、頼もしいです」

「うちの愚息ともし結婚したくなくなったら、いつでも言ってちょうだいね。まだ間に合うから」

　とんでもないことをさらっと言ってのける母に、俺は速攻で「おい！」とツッコミを入れた。

　俺の焦りをよそに、千帆は笑いながら母の言葉を受け流している。

　否定もしてくれないのかと拗ねていると、千帆は俺をチラッと見てきた。

「……なんだよ」

「あはは、意外と紫音って全部顔に出るよね」

「うるさいよ」

　楽しそうに笑う千帆に、思い切り悪態をつく。

　結局千帆はいつも俺より上手で、掴みどころがない。

　だからこそ、千帆のことを求めすぎてしまうんだ。

　この先もずっと自分の本能と闘いながら過ごすのかと思うとため息が出るが、付き合っていくしかない。

　そんなもの、千帆と一緒にいられるためなら、何度だって乗り越えてやるから。

抗えない、抗いたい

　伊集院家主催のパーティーに行ってから約一カ月後。

　三カ月に一度発症する、人生二回目の発情期（ヒート）がやってきた。

　前回の件を深く反省し、今回のヒート期間は大人しく自宅で過ごすことに決めた。

　紫音にも『絶対自宅待機がいい。誰にも会うな』と言われ、それに大人しく従う。

　もう誰もフェロモンで狂わせたりしたくないし！

　ずっと熱っぽい体調が続いてる間、紫音は本当に一度も私の前に姿を現さなかった。

　毎日、母親みたいに、体調を心配するメッセージは届いてたけど。

「もう熱っぽくない……！」

　そして、一週間後の朝。私は見事に復活したのだった。

　ずっと体が熱くて仕方なくて、この一週間は本当に辛かったけど。

　パジャマ姿のままカーテンをシャーッと開けて、眩い朝日を全身に浴びる。

　日常が戻ってきた多幸感に、思わず笑顔がこぼれ落ちた。

【今日から学校行けます！】

　Vサインの絵文字付きでかおりんとタケゾーのグループ

にその場でメッセージを送ると、すぐに返信がきた。

【紫音様に早く会ってあげて。僕もう見てられない】

【千帆不足で大変近寄りがたいオーラを出してるよ】

【千帆がいない間に紫音様の取り巻きもチャンスとばかりに暴走してるし、それで紫音様の機嫌も悪くなってるし、なんとかしなよ】

「ど、どうした紫音……」

　ふたりから久々に会えて嬉しい！的なコメントを待っていたのに、届いたメッセージにはかなり不穏な空気感が流れている。

　会えなかったといっても、たったの一週間くらいなのにな……？

　私はメッセージアプリをふたたびタップすると、紫音にメッセージを送ることにした。

【紫音、おはよ！　今日から学校行けまーす！】

　サクッとメッセージを送ると、秒で既読状態になる。

　それから、絵文字も何もないシンプルな言葉が返ってきた。

【親父に仕事について来いって言われた。何日か休む】

「あれま」

　入れ違いで会えなくなってしまったな。

　紫音、私に会えずに機嫌が悪かったわけじゃなくて、ただ単に仕事の行事が嫌だっただけのでは……。

　ちょっと寂しいけれど、私はすぐに返信をする。

【そうなんだ！　会えなくて残念だけど、頑張ってね！】

【最悪だ。そろそろ行く。じゃ】

「……本当にだるそうだな」

　いつも紫音のメッセージは塩いけど、今回は特に簡素だ。

　心配に思いつつも、もう支度しないと遅刻しちゃう！

　私は急いで制服に着替えて、久々に学校へと向かったのだった。

「おー、来た来た」

　教室に入ると、かおりんとタケゾーがすぐに私に気づいて手を振ってくれた。

「かおりん、タケゾー、おはよー！」

「千帆と会えない間に僕イメチェンしたの。どう？　可愛い？」

「ほんとだー、可愛い！」

　タケゾーはピンクのメッシュを襟足に入れていて、更にオシャレになっていた。

　『エンスタ』のフォロワー数が三万人いると言っていたけど、さすがだなー。

「そういや私がいない間、紫音、機嫌悪かったの……？」

　かおりんにふと問いかけると、彼女は大袈裟に肩をすくめて答えた。

「悪いってもんじゃないわよ。いつもクールな雰囲気だけど、ため息吐いたり、上の空だったり、本当心配になったんだから。あ、そういや今日紫音様と一緒に来なかったの？」

「うん、家の都合で休みだって」

「えー！　かわいそう。電話とかしてあげなさいよ……」

　そんなに憐れむなんて、よほど元気がなかったんだろうか。

　単に行事が面倒なだけだったんだろうけど、想像すると少しかわいそうになってくる。

　確かに、かおりんの言う通り、あとで電話でもして声を聞こうかな。

　なんて思っていると、タケゾーが急に何かを思い出したように「あ！」と声をあげて、私に一冊のノートを押し付けた。

「千帆のノートもふたりで代わりばんこで取っておいたから」

「え！」

　予想外の優しさに、思わず驚く。ノートを受け取った瞬間、じーんとふたりへの愛が溢れ出てきた。

「ふたりが優しい……！　ヒート万歳……！」

「普段優しくしてないみたいじゃない」

「タケゾー、かおりん、ありがとう！」

　感激しながらお礼を伝えると、ふたりは「はいはい」とテキトーに返事をした。

　紫音の様子は心配だけど、私は心の底からふたりに久々に会えて嬉しいし、やっと学校に来られて楽しい。

　日常のありがたみを知れるのでヒートも悪いもんじゃないと思っていると、急にふたりの視線が私の背後に集まっ

ていることに気づいた。

　不思議に思い振り返ろうとすると——、急に誰かに後ろからハグをされた。

「千帆ちゃん、久しぶり」

「わっ、三条君！」

「今日も甘い匂いさせて、俺を誘惑してるの？」

「してない、してないよ！」

　後ろから抱きついてきたのは、今日もアイドル並みにキラキラしてる三条君だった。

　アッシュ系の金髪は艶々で、今日も美肌を輝かせている。この距離で見ても全てのパーツが美しい。

　ぐ、眩しい……！　紫音に対してもいまだにそう思う時があるけれど、美が過剰で胃もたれする！

　しばらく驚き固まっていたけれど、周りの女生徒からの針のような視線を感じて、私はすぐに三条君を突き放した。

「ちょっとあの、三条君みたいな人に不用意に触れられると命が危ないんで……！」

「今日あの番犬君お休みだから、今のうちに触っておかないと」

「私なんか触ったってなんのご利益もないよ……！」

　サッとタケゾーの後ろに隠れて警戒心を剥き出しにするけれど、三条君は爽やかな笑顔を浮かべている。

　公園での出来事があって以来、やたら熱い視線を感じるようになった気がするのは、なぜだろうか……。

　どっちみち、紫音がいない時はふたりきりにならないよ

うにしないと！

「タケゾー君、今日一日千帆ちゃんのこと貸してくれる？」

　三条君はまっすぐにタケゾーを見つめて、突然お願いをする。

　私はハッとして、タケゾーに「助けて！」と伝えるけれど、タケゾーの目はハートになっていた。そして、隣にいるかおりんも同じくだった。

「どうぞ、うちの娘でよかったら……」

　タケゾーの言葉に、私は速攻でツッコミを入れる。

「娘って誰のこと!?　タケゾー、気を確かにして！」

「タケゾー君、ありがとう。じゃあ千帆ちゃん、今日の放課後空けておいてね」

「はい！」

「なんでタケゾーが元気に返事してるの!?」

　なぜかタケゾーと三条君の間で、私が放課後三条君と過ごすことが決まってしまった。どういうことなんだ……。

　私が否定する間もなく、三条君は「じゃあ放課後ね」と言って手を振り、一限の教室の場所へと向かってしまった。

　隣でうっとりしてるタケゾーの肩を揺らして、私は声を荒らげる。

「ちょっとタケゾー！　正気に戻って！」

「ごめん千帆……。三条君が化粧品何使ってるのかだけ、聞いておいてくれない？　お願い！」

「バカー！」

　必死に叫んだけれど、イケメン大好きなタケゾーとかお

りんは、恍惚とした表情を浮かべているだけだった……。

　イケメンを前にするとまったく脳が働かなくなるふたりであることを、すっかり忘れていた。

　　　　　○

「星、今日お弁当作ってきたの。よかったら食べて？」

「あ、ずるい！　私も今日作ってきたんだよー？　こんな冷凍食品ばっかりのより、絶対美味しいよー」

「ちょっと先輩達、おばさん臭いお弁当渡すのやめてくれません？」

　お昼休みになったけれど、三条君は今日も同級生、先輩、後輩問わずに女子に囲まれてキャーキャー言われている。

　紫音がいないことで、三条君のファンが今日はやけに目立って見えるなあ。

　紫音派の生徒と三条君派の生徒の雰囲気は少し違って、どちらかというと三条君派には派手な美人の先輩が多い。

　三条君は今も、手作り弁当を贈り合う女子に揉まれながら、それを笑顔で受け流していて、本当にすごいと思う。毎日アイドルやるなんて、絶対紫音なら無理だ。

「千帆ー、ご飯行くよ」

「はーい」

　私はそんな彼を横目に見ながら、かおりんに呼ばれ食堂へと向かったのだった。

昼休み終わり。

なんだろう……。学食で食べて教室に戻ると、部屋の中の空気がどことなく重苦しい気がする……。

それはタケゾーとかおりんも同じなようで、教室に戻るなり「なんなのよ、このどす暗い空気は！」と騒いでいた。

席に着いてチラッと隣にいる三条君を見ると、バチッと目が合う。

彼は色素の薄い茶色の瞳を細めて、「ん？」と短く問いかけてきた。

今は生物の授業中。私は声を出さずに「なんでもない」という意味を込めて首を横に振る。

しかし、よくよく周りを観察すると、三条君のそばにいつもいる女子達から、どす暗い空気が放たれていることに気づいた。

それに反して、三条君はかなり清々しい表情をしている。

いったい、何があったんだろうか……。

何か三条君が毒でも吐いたのだろうか……。

まあでも、私には関係のないことだろうし……、きっと触れない方がいい。

重たい空気に背筋をぞくりとさせながら、生物の授業を終えた。

放課後。私は三条君との約束をどうするかと考えながら、荷物をまとめていた。

どうにか断ろうと気持ちを固めていると、三条君の顔が

いつのまにか目の前に迫っていた。

「千一帆ちゃん、今日一緒に美味しいもの食べに行こう？」

「お、美味しいもの……」

「うん。駅前にできたパフェ専門店、千帆ちゃん好みだと思うよー。奢(おご)るからさ」

　首を傾け、私のことを上目遣いで見ながら、そんなことを言ってくる三条君。

　た、食べ物で釣ろうとしているなんて、ぐぬぬ……！

　なんとか理性を保って断ろうとしたけれど、三条君に『エンスタ』の写真を見せられて、お腹がグーッと鳴ってしまった。

「ひ、ひどいよ。そんなの見せられたら食べたくなっちゃう……」

「うん。だから食べよう？　それに、そんなに警戒されたらいくら俺でも傷つくなー」

「えっ……」

　急にしゅんとした態度を取られて、思わず動揺する。

　確かに、ちょっとチャラチャラしたアルファだからって、こんなあからさまに避けようとしたら気分悪いよね……。

　それに、この距離の近さが彼の基本なのかもしれないし。あと普通にパフェは食べたいな……。

　そんな私を見透かしたように、三条君は更に詰め寄ってくる。

「友達として、今日一緒に美味しいもの食べよう？　ね、千帆ちゃん」

「うーん」

　彼との距離の取り方は私も考えたいと思っていたので、もしかしたらこれはいい機会かもしれない。

　面白がってちょっかいかけてくるのはやめてもらって、もし普通の友達になれたなら……、アルファやオメガの特異体質の悩みもお互い相談できるようになるかもしれない。

　それに、三条君、この前公園でひとりぼっちでいた時、少し元気がなかったしな……。

　もしかしたら、聞いてほしい話があるのかも。

「分かった。一緒に行こう」

　決心してそう伝えると、三条君はパッと顔を明るくさせた。

「やった。じゃあ、決まりね。あ、部活休むって言ってくるから少し待ってて」

「えっ、三条君て部活入ってたの!?」

「うん、バスケ部。助っ人要員だから出たい時だけ出てるんだよ。すぐ戻るからちょっと待ってて」

　そう言いながら、三条君は教室を颯爽と出て行ってしまった。

　いつもふらっと好きな時に帰ってるイメージだったので、運動部に入ってるだなんて知らなかった。

　でも確かに、紫音もたまにサッカー部の助っ人で呼ばれてる時あるなあ……。

　仕事の手伝いがたまに入ったりするからという理由で、

部活には所属していないけれど。

　あ、そうだ。このこと、紫音に連絡しなきゃ。

　多分絶対怒るだろうけど……。

「ちょっと、あなたが花山千帆とかいう女？」

　スマホを取り出してメッセージを打とうとした時、急にピリピリした声で話しかけられた。

　驚き顔を上げると、いつのまにか目の前には三年の先輩が五人ほど立っていた。

　真ん中にいるリーダー的な存在の先輩は確か、チア部の部長でいつも目立ってる白鳥先輩だ。彼女のまっすぐな茶髪は胸の下まであり、セクシーな雰囲気が漂っている。

「えっと、はい……」

　戸惑いながらも返事をすると、白鳥先輩はぐっと私の顔を覗き込んできた。

　それから、恨みたっぷりな大きな目で私を睨みつけてくる。

「あなたのせいで……、星はおかしくなったんだわ」

「え……？　あの」

「連れていきなさい」

「わ！　なんですか急に……！」

　私のせいで三条君がおかしくなった……？　どういうこと？

　疑問に思ったのも束の間。白鳥先輩の合図で、背後にいた四人の女生徒が、私の両腕を無理矢理掴んだ。

　そして、そのまま教室の外まで引っ張られてしまう。

「え！　あの、ちょっと……！」

「もー！　花山さんたら、今日こそカラオケ行くわよ！」

　廊下ですれ違う人に不審に思われないようにか、取り巻きの人たちは架空の会話を続けて、私を無理矢理どこかに連れ込もうとしている。

　白鳥さんは私の先を歩いて、外にある運動用具の倉庫までたどり着くと、ピタッとその場に止まった。

　え、待って待って……！　頭が追いつかないよ！　私もしや今、監禁されそうになってる!?

　なんて思った時にはもう遅く、私は気づいたら人気のない暗い倉庫の中に押し込められていた。

　乱暴に放り込まれたせいで尻餅をついてしまった私を、白鳥さんは冷たい瞳で見おろしている。

「いったい何人フェロモンで誘惑する気なのよ……。堂々二股かまして、この売女！　汚らわしい！」

「ば、ばい……!?」

　白鳥さんの突然の暴言に、私は目をぱちくりさせる。

　二股なんて言葉、初めてリアルで聞いたよ……！　もしかして、紫音と三条君のこと？

「さっき星が急に、"好きな子できたから、もう連絡してこないで" なんて言ってきたわ……。相手が誰か問い詰めたら、それがあなただって……信じられない！　こんなぼうっとした女のどこがいいの！」

「ええぇ!?」

　だから今日のお昼休みの後、あんなにクラスの空気が重

かったんだ！　納得！

　三条君、カモフラージュで言うにしても、さすがにそれはひどいよ……！

　どう考えたって三条君の取り巻きの恨みを買うに決まってるのに……！

　テキトーな女子の名前を言ったんだろうけど、あんまりだよ……。うう……。

「あ、あの白鳥先輩。それは絶対何かの間違いかと……」

「星はね、誰のものでもないから価値があるの。特定の人と恋愛なんて、そんなつまらないことしていい人間じゃないの」

「つ、つまらないこと……？」

　勢いよく怒りをぶつけてくる白鳥先輩の声を遮って、私は思わず聞き返す。

　特定の人と恋愛するのはつまらないことって、今、ものすごいことを言ったような……。

「バカみたいにフェロモン撒き散らすだけで男が寄ってくるようなあんたなんかを好きになるなんて、星には幻滅だわ！」

「え、えっと……」

「星は完璧な人間なのに！」

　そこまで聞いて、私は少し悲しい気持ちになった。

　他人に何かを期待することは自由だけど、期待と違う行動をされたからって、それでその人に裏切られたと感じるのはおかしい。

　三条君は、皆の人形なんかじゃない。

『んー、でも俺が急に冷たくなったら女の子たちびっくりしない？』

　公園で、壊れそうな笑顔を作っていた三条君のことを思い出して、少し胸がキュッと苦しくなった。

　私は立ち上がり、白鳥先輩としっかり目を合わせる。

「白鳥先輩。三条君に、少し期待を押しつけすぎなんじゃないでしょうか」

「はあ……？」

「もっとちゃんと、理想や期待を外した世界で、そのままの三条君のことを見てあげてください。三条君のことが好きなら……」

「何いい子ちゃんなこと言ってんのよ！」

　ぶんっと手が飛んできて、私は思わずギュッと目を瞑った。

　ビンタされる……！　そう思ったけれど、いつまで経っても痛みはやってこない。

　そっと目を開けると、そこには頬に微かに汗を垂らし、息を乱している三条君がいた。

「待って。何？　この状況」

　走ってきたのだろうか。珍しく焦った様子の三条君は、白鳥先輩の腕をしっかり掴んでいる。

　白鳥先輩は顔面蒼白になっていて、何も言葉を発せない様子だ。

「廊下にいたやつらに教えてもらって来てみれば……少女

漫画の泥沼シーンみたいなことになってんじゃん」

「ほ、星……！　私達はこの子が星のことを弄んでると思って……それで……」

「それ、ありえないから。俺が勝手に好意寄せてるだけだから。ていうか、万が一そうだったとしても、こんなこと俺は望まない」

　いつもの三条君とは違う冷たい言い方に、先輩たちは固まっている。

　三条君は呆れたように深いため息を吐いて、ゆっくり白鳥先輩の手を離した。

「今度この子にこんなことしたら、タダじゃおかないからね？」

「な、なんでこんな子のこと、そんなに……」

「ねぇ、俺、思ったより冷たい人間なの分かってるでしょ？傷つきたくないなら、もう帰った方がいいよ。じゃないと、今君に何言うか分かんないから」

「っ……！」

　三条君の言葉にぎゅっと唇を噛みしめて、白鳥先輩は倉庫から出て行った。

　私はその一連の流れを胃の痛い思いで見守りながら、ビンタされそうになってドキドキしていた心臓をなんとか落ち着かせる。

　こ、怖かった……。

　前に紫音のファンに囲まれた時とは憎悪のレベルが違った……。

　震えた手を握りしめていると、三条君が私の手をそっと大きな手で包み込んだ。

　それから、いつものチャラチャラした感じとは違う、罪悪感たっぷりな弱々しい声で、「ごめんね」と一言呟いた。

「なんで、三条君が謝るの……？」

「諦めさせるために千帆ちゃんの名前まで挙げたせいで裏目に出た。本当にごめん。怖かったでしょ？」

「ううん、もう大丈夫だよ……」

　心底心配した表情で、私の顔をじっと見つめる三条君。

　どれだけ走ってここまでたどり着いたんだろう。この時期なのに、少し汗をかいてるし、髪も乱れてる。

　余裕のない一面が垣間見えて、すごく一生懸命に私を助けにきてくれたんだってことが分かった。

　正直、怖かったけど……。でも、そんな三条君の姿を見たら、少し落ち着いてきた。

「大丈夫。三条君、助けてくれてありがとう」

「…………」

　ありがとうと笑顔で返すと、三条君はぐっと唇を噛みしめてから、ぽすっと私の肩に頭を預けてきた。

「わっ、どうしたの？　具合悪い？」

「怖かった……。千帆ちゃんにもし何かあったらどうしようって」

「え……？」

「俺がこんなに俺じゃなくなるの、千帆ちゃんにだけだよ」

　少し掠れた声で、三条君はそう呟いた。

　怖かったって……そんなに真剣に探してくれたのか。

　その気持ちは素直に嬉しいと思うから、私は優しく三条君の背中を撫でた。まるで子供を慰めるみたいに。

「ねぇ、千帆ちゃん。どうしたら俺のこと男として見てくれる？」

「えっ、何急に！　またいつものチャラモードに戻ったの今？」

　大人しいと思っていたら急な質問をされて、思わず動揺する。

　三条君が男の子だってことは、ちゃんと分かってるけどな……？

　なんて答えたらいいか分からず困っていると、ぐっと背中に腕を回されて、気づいたら抱きしめられていた。

「わっ、三条君……!?」

　さっきまで、背中を撫でてあげていたのは私の方なのに。

　急に強い力で体を包み込まれ、私は更に困惑した。

　抜け出そうともがくけれど、三条君はそんな私の耳元に唇を寄せて、また力なく呟く。

「好きだよ、千帆ちゃん」

「え……？」

「ねぇ、もっと俺のこと意識して。紫音君のことなんか考えてる暇ないくらい、俺のことで頭ん中いっぱいにしてよ」

　す、好きって……恋愛感情の意味で……？

　え！　なんで!?　何がどうなって今こうなってるの!?

　三条君の予期せぬ発言に、私は思い切りパニックになっ

た。

　冗談で私の名前を好きな人ととして挙げたはずじゃなかったの……!?

　あ、頭が追いつかないよ……。

「な、なんでそんな、いきなり……」

「ちなみに、フェロモンのせいなんかじゃないから。本気で千帆ちゃんが欲しいと思ってる。ていうか、千帆ちゃんしか欲しくない」

「そ、そんなこと言われても……応えられないよ。私は紫音が好きだよ」

「うん、いいよ。俺が勝手に千帆ちゃんを好きなだけだから、千帆ちゃんは罪悪感抱く必要ない」

　そう言われて、複雑な気持ちになった。

　私は紫音が好き。それは揺るがない事実で、本心だ。

　それを素直に伝えたことで三条君を傷つけてしまったのでは……と思った私を、彼は見透かしていた。

　ぎゅっと私を抱く手に力が入って、熱っぽい吐息が首にかかる。

　ダメだ、なんとかして離れないと——。

「千帆」

　突然呼び捨てにされて驚いたその一瞬。

　するりと顔に手が回ってきて、三条君の綺麗な茶色い瞳としっかり視線が重なる。

「本気で欲しいから、俺、今は手ぇ出さないよ」

　三条君は、真剣な顔で私をまっすぐ見つめながら、まる

で宣言するように言い放った。

　言葉の意味をしっかり理解できないまま、私はフリーズする。

　三条君はそんな私を更に追い込むように、一言付け足す。
「今、千帆ちゃんが想像する以上に、死ぬほど我慢してるからね？」
「が、我慢って……」
「こんな可愛い唇、すぐにでも奪いたいのにね。俺よく頑張ってるよ」

　ふにっと唇を親指で押されて、ぶわっと体に電流が走った。

　ようやく理解が追いついた私は、バッと三条君の胸を押して勢いよく離れる。

　あ、危ない！　今一瞬、アルファとオメガが触れ合った時の特徴的な反応が出たような……。それに、三条君が話してる間、少し頭がぼーっとしていた。

　やっぱり、紫音じゃなくてもフェロモン同士無条件で作用してしまうことがあるんだ。

　なんか、アルファだったら誰でもいいみたいで、少しショックだ……。

　自分が不誠実に感じて、ズキンと胸が疼く。
「残念だけど、心と体を完全に切り離すことはできないよ。千帆ちゃんはオメガである以上、無条件で俺にドキドキするようにできている。……番をつくるまではね」

　ショックを受けている私を見て、淡々と説明をつけ加え

る三条君。

　でも、その顔は真剣だった。

　彼はまた一歩私に近づき、私の顔を覗き込んでくる。

「でも俺は、オメガとかアルファとか関係なく、千帆ちゃんのことが好きだよ」

「さ、三条君……」

「さっき、白鳥先輩に色々言ってくれてたの、嬉しかった」

　その言葉に、嘘はひとつもないんだろう。だって、目がすごくまっすぐだから。

　感情で人を好きになるなんてバカバカしいと思っていたはずの三条君が、まさか私のことをそんな風に思ってくれていたなんて……。

　戸惑うけど、でも、私が好きな人はただひとりで……。

「ごめん三条君、さっきも言ったけど私……！」

「ストップ。大丈夫、今は気持ちを知ってもらえただけで十分だから」

「そ、そうなの……？」

　不思議そうな顔で見上げる私の髪の毛をするりと手に取って、三条君はそっと髪の毛にキスを落とした。

「でも、もし紫音君に泣かされることがあったら、あっという間に攫っていくから」

　さ、攫っていくって……！　そんなこと自然に言える人いるんだ！

　王子様が現実世界にいたら、こんな感じなのかな……。

　思わずその絵画的な美しさに見惚れてしまいそうになっ

たけれど、すぐに正気に戻る。

　ま、まずい！　このままじゃ三条君のペースに呑まれて
しまう！

　このままふたりきりでいたらまずいことだけは分かって
いる！

「さ、三条君！　パフェはまた今度タケゾーとかおりんも
来られる時に行こうね！　今日は助けてくれてありがと
う、また明日学校でね！」

「え……？」

「じゃあね！」

　私はなんとか三条君のキラキラオーラを振り切って、倉
庫を出た。

　今日は色んなことがありすぎた。もうキャパオーバーだ。

　……なんだか無性に、紫音に会いたくて仕方がなかった。

「あー、やばかった。紫音君、あれに耐えてるの本気です
ごくない……？」

　ひとりになった三条君がしゃがみ込んで、そんなことを
余裕なさげに呟いてるなんてつゆ知らず、私はパニック状
態のまま紫音に会いに向かったのだった。

　　　　　　　○

【紫音、今どこにいるの？】

【ようやく仕事終わって帰ってきたところ。千帆は？】

【私も今帰ってる！　紫音の家に行っていい？】

【了解】

　電車に乗りながらメッセージを送って、私は紫音と会う約束をした。

　とにかく、紫音に会いたくて仕方ない。

　一週間会えないくらい、全然大丈夫だと思っていたのに。

　相変わらず豪邸な紫音の家の前にたどり着くと、私は恐る恐るインターフォンを押した。

　普通の家三軒分くらいある紫音の家は、美術館みたいな見た目で、真四角でシンプルながらも、デザインがすごくかっこいい家だ。お庭が広くて、門からは家が遠い。

　すぐに門扉が自動で開いて、私は敷地の中へと足を運んだ。

　ふたたびインターフォンを押してドアが開かれるのをドキドキしながら待っていると、仕事帰りのせいか、黒いスーツ姿の紫音が出てきた。

「千帆、どうした？　いつも俺の家は入り辛いって嫌がるのに……わっ」

「紫音！」

　私は紫音の顔を見た瞬間、感情が爆発してしまって、思わず抱きつく。

　紫音はよろめきながらも、しっかり私を抱きとめてくれた。

　しかし、かなり私の行動に戸惑っているようで、頭にはてなマークを浮かべている。

「何、なんかあった？　大丈夫？」

「ううん、ただ会いたくて……」

「何それ、可愛い」

　「まあとりあえず入りなよ」と言って、紫音は自分の部屋へと案内してくれた。

　紫音の部屋は黒い家具中心に揃えられていて、すごくクールな感じ。

　久々に入ったので少し緊張しながら、紫音に導かれるがままに黒い革張りのソファに座った。

　紫音はお父さんの取引先に駆り出されていたようで、ネクタイもかっちり締めて、髪型も少し固めている。

　大人っぽい姿に余計にドキドキしながら、私はお手伝いさんが淹れてくれた紅茶を一口飲んだ。

　紫音はそんな私を見つめながら、「何かあったでしょ」と言ってくる。

　ぎくっとしながらも、私は首を横に振った。

「な、ないない。何もないよ……！」

「俺に嘘つくんだ？」

「……うっ」

「心配だから、聞いてるんだけど？　明らかに様子変だし、千帆から甘えてくるなんて滅多にないし」

　打ち明けても、きっと紫音を戸惑わせるだけだし、心配かけたくないな……。

　そう思い、沈黙を決め込んでいると、そっと紫音の腕が肩に回ってきた。

　半月型の黒い瞳とバチッと目が合って、それだけで心臓が跳ねる。

「まあいいや、一週間ぶりに会えたし。千帆不足で、頭どうにかなりそうだった」

「う、うん！　私も、振り返ってみたら会えなくて寂しかったな……一週間でも」

「俺のが絶対寂しかったね。いつも千帆に会いたいのは俺ばっかりだから」

「そ、そんなことないよ……！」

「ねぇ、キスしていい？」

　答える前に、チュッと音を立ててキスされた。

　いつもよりずっと深いキスに、どうしたらいいのか分からなくなる。

　紫音がどんな顔をしてるのか気になって、そっと目を開けてみると、すぐに後悔した。

　会えなかった時間を埋めるようにキスをしてくる紫音は、クラクラするほど色っぽかったから。

　余計に頭がぼーっとしてきて、何も考えられなくなる。

「し、紫音っ……」

「あー、やばい。どうにか抵抗して、千帆」

「て、抵抗って……またそんなこと言って……！」

　この状況で紫音に抗うことなんてできないと、紫音は分かっていて言っている。

　意地悪な笑顔にまた心臓が鼓動を速めて、羞恥心でおかしくなってしまいそうだ。

　紫音は私の制服のネクタイに指をかけると、あっという間にそれを解いた。

　ブラウスのボタンを、わざと下からひとつひとつ外していく紫音。

　なんでこういう時、紫音はすごく意地悪になるんだろう。

「や、ダメだよ、紫音……！」

「やめてほしいなら、なんで今日様子がおかしいのか、ちゃんと口で説明して？」

「わ、分かった、するから……！」

　恥ずかしさに耐えることができず、私はスルッと降参した。

　紫音は少しつまらなそうにしていたけれど、私はたどたどしくも事情を説明する。

「さ、三条君のファンに倉庫に閉じ込められて……」

「は？　誰、何年何組なんて名前？」

「待って！　全然無傷だから！　三条君が助けに来てくれたから……」

　一瞬で殺気立った紫音をどうにか宥めるためにその後の状況をすぐに補足したけれど、三条君の名前を聞いた瞬間もっと機嫌が悪くなった。

　まずい、言い方間違えたかな……。

　でも、もうここまで話したら嘘は吐けないし……。

「でね、三条君に告白されて……」

「……いや、待って、無理。殺す」

「まっ、待って最後まで聞いて紫音！　私の様子がおかし

かったのは、そこじゃなくて……」

　立ち上がり今にも三条君の元へ殴りかかりにいきそうな紫音をなんとかその場に留めさせ、私は必死に難しい感情を言葉にしようとした。

　三条君の指で唇に触れられた時、無条件で体が熱を帯びた。

　全身に電流が流れたみたいになって、心臓がドクンと強く波打った。

　三条君に対してまったく恋愛感情なんてないのに——、体と心を切り離せなかった。

　本能に抗えない自分が、すごくすごく怖くなった。

「私、三条君に触れられた時、紫音に触れられた時と同じように体が熱くなったの……。フェロモン同士が作用してるだけだって分かってるけど、自分が不誠実に感じて、すごくショックで……」

「……千帆」

「それでもうわけ分かんなくなって、ただ紫音に会いたくて、安心したくて……ここに来た」

「うん」

　そこまで説明すると、紫音は暗い顔をして黙り込んでしまった。

　怖くなって、自然とじんわり目尻に涙が溜まっていく。

　重たい空気に耐えられなくなり、私は子供みたいな言葉を発してしまった。

「紫音、私のこと嫌いになんないで……っ」

　その瞬間、私はソファーに強引に押し倒された。

　紫音はすごく複雑な顔をしながら、私の涙を拭う。

「なんで泣くの。泣くことない」

「うっ、だって紫音が黙るから……っ」

「ごめん、三条のこと脳内でボコボコにしてただけだから。普通に怒りすぎて宇宙に意識飛んでた」

　紫音は今度は優しく私の頬を撫でて、「千帆のこと嫌いになれるわけないでしょ」と言った。

　優しい声音に、また涙が溢れ出そうになる。

「俺と千帆は番になるんでしょ？　そうしたら、そんなことで悩まなくて済む。もうあと半年もない話だよ」

「へ……、あ、もうそんなに近いんだ……」

　確かに、四月の誕生日になれば、私たちは番になって、私はヒートで悩むことはなくなる。

　もちろん、紫音以外の人に、フェロモンが作用することも……。

　すっかりこれからも悩まされていくことだと思ってたから、かなりホッとした。

「た、確かに、あと半年で終わる悩みだね……？」

「そういうこと。まあ、たとえ千帆が他のアルファのフェロモンに当てられようと、関係ないけどね」

「そ、そうなの……？」

「うん、だって、千帆が好きなのは俺でしょ？　心が俺のものなら、関係ない」

　自信ありげにそう言い切られてしまい、私はこくこくと

頷くことしかできない。

　なんだ、そっかあ……。

　確かに、自分の心が誰に向いているのかが大事なんだから、こんなに深刻に悩むこともなかった。

　紫音のはっきりした考えに、少しずつ胸の中が晴れ渡っていく。

「そっか、それもそうだね、紫音」

　笑顔でそう返したけれど、紫音は言葉とは裏腹に、まだ何か複雑そうな顔をしている。

「めちゃくちゃ腹立つけど、あいつが触れられなかったところ全部に、俺は触れられると思うと、優越感あるな」

「わ、ちょっと、紫音……っ」

「唇と、あとどこ触られたの？」

「ハ、ハグされただけだよ……」

「は？　何それ、普通にありえない」

　まずい、本気でキレてる、この人……。

　ど、どうにか紫音の怒りを鎮めないと……！

　そう思うけれど、上手い方法がすぐに見つからない。

「お仕置きしていいよね、さすがにこれは」

「め、目が怖いよ、紫音……！」

「俺にしか見せない千帆を見せてくれないと、気がおさまらない」

　あわあわしているうちに、紫音の手がいつのまにかボタンを全部外していた。

　か、神業だ……！　いつのまに！

　あらわになった下着に、そっと大きな手が重なる。

「……ドキドキしてる」

「そ、そりゃそうだよ……！　す、好きな人にそんなところ触られるの、恥ずかしいもん」

「……なんで？　どう恥ずかしいの？」

　すっと下着と肌の間に、紫音の細い指が入ってきたのが分かった。

　心臓がドクンドクンと強く鼓動して、もう破裂しそうだ。

　だけど今日の紫音はいつもより意地悪で、何を言ってもやめてくれそうにない。

「千帆の全部が見たい」

「も、もう十分見せてるよ……ひゃっ」

「全然足りない。もっと色んなところ見て、触って、千帆の表情楽しみたい」

「へ、変態だよそれ……っ」

「うん、俺普通に変態だから。俺みたいなアルファに捕まって、かわいそうだね千帆は」

　ふたたびキスをされて、私はもう何も言えないようにされてしまった。

　紫音の大きな手が、優しく肌を撫でる。

　結局その日私は何も抵抗できないまま、紫音の気が済むまで触り倒されてしまったのだった。

最終章

君だけは諦めない

「千帆ちゃん、教科書忘れたの？　俺の見せてあげるから
もっとそばにおいで」
「千帆、こんなやつ視界に入れるな目が腐る」
「紫音君、幼なじみの過保護もほどほどにしないと、嫌わ
れるよ？」
「その胡散臭い笑顔、鳥肌立つからやめろ」
　朝のホームルーム前。今日も両隣は騒がしいまま、季節
はあっという間に移り変わり、年も越えて、高校二年の三
学期に入った。
　本来なら席替えがされるはずなのに、なぜか紫音と三条
君の権力でそれは握りつぶされた。
　席が替わればようやく平穏な日々を取り戻せると思って
いたのに……。
　ここ最近、ふたりの仲の悪さはヒートアップしている。
　もちろん、三条君の告白はあのあともう一度しっかり
断ったんだけど、『大丈夫、俺は待てる男だし、とにかく
普通の友達だと思って接して』と言われた。
　なので私も、普通に友達として接することに決めたのだ。
待てるって何を？とは思ったけれど。
「そういえば千帆ちゃん、今週土曜日空いてる？　うちが
展開する新しいレストランができたから、パーティー開く
んだけど」

「そんなにパーティーってすぐ開かれるもんなの……？」

　紫音もだけど、お金持ちってなんですぐパーティーを開くんだろう……。そんなにしょっちゅう祝うことがあるのかな……。

「オーベルジュだから泊まれるし、ご馳走たくさんあるよ」

「おい、千帆を食べ物で釣るな、本当に釣れるから」

「ご、ご馳走……！」

　オーベルジュという単語はよく分からないけど（三条君曰く、宿泊施設のあるレストランということらしい）、三条君のおうちが手がけるパーティー料理、食べてみたいなぁ……。

　最近知った話だけど、三条君の家が経営してる高級レストランは、一年先でも予約が取れないほどの有名店らしい。

　この前テレビでも特集されていて、いつか大人になってお金を稼いだらこんなお店に行ってみたいと思っていたんだ。

「仕方ないから、紫音君も来ていいよ。ていうか、多分呼ばれてるはずでしょ？　今回の仕事に、紫音君の家も関わってもらったからね」

「…………」

「え、紫音そうだったの？　紫音も行くなら行きたい！」

「じゃあ決まりだね」

　食べ物目当てで行きたい！と思わず反射的に言ってしまったけれど、紫音の目は死んでいる。

　思い切り三条君の発言を無視しながら、ぶすっとした表

情で遠い場所を眺めている。

　そんな紫音を煽るように、三条君はトドメを刺した。

「彼女が行きたがってるところにも行かせてあげられない
んだ？　心狭いねー」

　ブチッという音が紫音の方から聞こえた気がしたけれ
ど、その直後に先生が教室に入ってきてしまった。

　狙ったかのようなタイミングで煽る三条君は、やはりか
なりやり手だ……。

　反撃するタイミングを失った紫音は、隣で殺気立った視
線をガンガンに三条君に送っていた。

　……私を間に挟んで。

「楽しみに待ってるよ」

　三条君に小声でそう言われて、私は紫音と三条君の間で
視線を行ったり来たりさせていた。

　百人は余裕で入れるレストランホールには、煌びやかな
シャンデリアが吊るされていた。

　光の粒がキラキラと部屋全体に散りばめられているのか
と思うくらい、夢みたいに綺麗で豪華なレストランで、私
と紫音はピッタリ隣に並んでいる。

「お、美味しそうぅ……」

「千帆、絶対俺から離れるなよ」

　結局紫音は、三条君のパーティーに一緒に連れて来てく
れた。恐らく、三条君のあの煽りが効いたんだろう。

　今日はグレーのスーツ姿の紫音は、はしゃぐ子供を心配

するかのように、隣で落ち着かない様子。

　紫音のお母さんに今日もドレスアップをお願いできたお陰で、私もそれなりにこの会場で浮かない格好にはなっている。

　紫音のお母さんのセレクトで、今日は背中がザックリ開いた黒いドレス、という大人っぽい格好に。

　出かける時に紫音は相当止めてきたけど、最終的に紫音のお母さんにねじ伏せられていた。

　ちなみに髪の毛はフルダウンで、ゆるく巻いているだけ。紫音のお母さんは元美容師さんなこともあり、なんでも器用にこなしてしまって本当にすごいなあ……。

　それにしても、さっきからやたら視線を感じるのは、紫音がいるせいかな。

「紫音、ちょっと目立たないようにオーラ消してくれない？ 視線が気になってご飯食べられないよ！」

「それ俺の台詞なんだけど、思いっきり」

「どゆこと？」

　周りを威圧するかのような視線を送り始める紫音。

　変なの、と思いながらも、私は目の前にある豪華な料理にテンションマックス。

　和牛のローストビーフに、大きな海老のテルミドール、フォアグラが載った前菜など、どれから食べたらいいのか迷ってしまうくらいのご馳走がある。

　この前紫音のパーティーに行った時は、結局落ち着いて食べられなかったから、ここで取り戻さないと！

「紫音！　ちょっとお肉取ってくるね！」

「あ、バカ、勝手に……！」

　意気込んだ私は、紫音を置いて人混みを掻き分け、お目当ての料理の近くに行く。

　ひとまずローストビーフをお皿に持って、口に運ぼうとしたその瞬間、ポンと肩を叩かれた。

「……千帆ちゃん？」

「ん、さんじょうふん！」

　もぐもぐしながら振り返ると、そこには少し驚いた様子の三条君がいた。

　ボルドー色のスーツをぴしっと着こなしている彼は、本当に異国の王子様みたい。

　というか、このお肉、本当に美味しい!!　何枚でも食べられる！

「びっくりした、全然いつもの千帆ちゃんの雰囲気と違ったから……」

「紫音のお母さんに全部やってもらったの。ていうかそんなことより三条君、ローストビーフすっごく美味しい！」

「えー、待って……、反則級の綺麗さなんだけど……」

　三条君は口元を手で隠しつつ、急にとろんとした目つきで私を見つめ始める。

　そんなにローストビーフを食べたいなら、いくらでもあるから三条君も食べればいいのに……。

　なんて思ってると、急に後ろからグイッと誰かに腰を抱き寄せられた。

「見るな、消えろ」

　鬼みたいな顔をした紫音が、私の体を強く引き寄せながら、三条君に喧嘩を売っている。

「えー、それ、主催者に言う言葉？　挨拶済んだらとっとと帰ってくれていいよ。紫音君」

「千帆が満足したらすぐ帰る、言われなくてもな」

「何言ってんの？　千帆ちゃんは置いていきなよ。部屋取ってあるし」

　まただ、また始まった……。

　心の底からげんなりしたけれど、私はもう何も言わないことにした。なぜなら、言っても意味がないから。

　そんなことより、今は食が大事！

　目の前のご馳走だけに集中しようとしたその時——、また新たな人物が背後から現れた。

「し、紫音様……!?」

　突然ボブヘアの着物美女が現れ、私は目を丸くする。

　どこをどう切り取ってもお嬢様だと一目で分かるくらい、品がある。

　驚いた様子で目を潤ませるその女性とは反対に、紫音はまったく驚きもせず乾いた目をしながら、低い声で「どうも」と返している。

「はっ、三条様も、本日はお招きいただきありがとうございます」

「鈴山さん、こちらこそ本日はありがとうございます。紫音君とお知り合いだったんですね」

　鈴山さん、というその女性は、三条君にも深々とお辞儀をし、またうるうるとした瞳を向けている。

　日本人形みたいな美しさだなーと思っていると、ぱちっと視線が重なった。

「三条様、この方……」

「ああ、彼女は俺たちのクラスメイトです」

「は、はじめまして、花山千帆です」

　ひとまずお肉を食べることをやめて、私もぺこっと頭を下げる。

　三条君が、「鈴山さんは鈴山花園の娘さんで、仕事でお世話になってるんだ」と教えてくれた。

　鈴山さん……、よくみたら、うーん、どこかで一瞬見かけたことがあるようなないような……。

「花山さん！　この前のパーティーでは、父が大変失礼致しました」

　鈴山さんはがばっと勢いよく頭を下げ、突然申し訳なさそうに謝ってきた。

　なんのこと……？と一瞬思ったけれど、ようやく思い出した！

　この前の紫音のパーティーで会った人だ！

『おお、これはこれは美しいお嬢さん。どこの財閥のアルファかな』

　そっか、あのおじさんは、彼女のお父さんだったんだ！

「い、いえいえこちらこそ……！　顔上げてください！」

「千帆、いいから。すみません鈴山さん、話があるなら後

でいいですか」

　紫音……？

　いつもわりと無愛想な紫音だけど、やけに冷たい気がする。やっぱり鈴山さんのお父さんの発言をまだよく思ってないのかな。

　アルファの家で育った人には、その家の考えや見方があって当然だし、私もそれを否定するつもりはないけれど、紫音はあの時すごく怒っていた。

　紫音にクールな態度を取られ、鈴山さんは少し悲しそうにしている。

「失礼しました。紫音様の大事な婚約者様ですもんね……」

「そうですね。大事な幼なじみで、婚約者です」

「……本当に、長いお付き合いなんですね。強い絆（きずな）があるんでしょう……」

　鈴山さんは何か言いたげな顔をしてから、しばらく黙り込んだ。

　こ、婚約者って人前ではっきり言われるとなんか照れ臭いな……。

　番になると言われる方がまだ慣れている。

　鈴山さんはチラッと私の方を見て、スッと手を差しのばしてきた。

「厚かましいお願いですが、花山さんさえよければ、お友達になってほしいです。私、あの日のことをずっと後悔していました。オメガのお友達も本当は、ずっと欲しいと思ってたんです……」

「あ、え、私なんかでよければ……！」

　キュッと思わずすぐに手を握り返すと、紫音に「千帆」と低い声で呼ばれた。

　すると三条君がすかさず「女の子にまで嫉妬するなんて、恥ずかしいよ」と紫音を宥める。

　だってあんなに切なそうな顔でお願いされたら、断れないよ……！

「嬉しいです。花山さん……いえ、千帆さん。よかったら皆で乾杯しましょう。私あそこのジュース取ってきます！」

「あ、なら私も一緒に……！」

「ウェイターさんに運んでもらうから大丈夫ですよ」

　そう言って、鈴山さんはぶどうジュースが並んでいるブースへと小走りで向かって行った。

　すごい、可愛くて綺麗で、気が利く人だなあ……。私とは何もかも正反対だ。

　ふたたび三人きりになると、三条君がニコニコした笑顔でまた紫音を煽るようなことを発言する。

「紫音君、彼女のことエスコートしてあげたら？　紫音君への好意ダダ漏れじゃん」

「やりたいならお前がやれ」

「やだよ、あの子絶対地雷じゃん。大人しそうに見えるけど、千帆ちゃんへの嫉妬を隠せてない」

　三条君の後半の言葉は、こそっと紫音に耳打ちする程度の声だったので、聞き取れなかったけど、何やら紫音はそれを聞いてより顰めっ面になっている。

　そうこうしている間に、ウェイターさんを連れて、鈴山さんが可憐に戻ってきた。

「せっかく少ない同世代ですから、乾杯しましょう」

「鈴山さん、ありがとう」

　お礼を伝えると、鈴山さんはにっこり私に笑みを返してから、スッとひとつのグラスを取るとそれを紫音に渡した。

「どうぞ、紫音様」

「…………」

「あ、もしかして、ぶどうジュースはお嫌いでしたか？」

「ううん、紫音はぶどうジュース大好きだよ！」

　黙っている紫音の代わりに答えると、鈴山さんは「よかったです」とまた優雅に笑ってくれた。

　紫音は不服そうな顔でグラスを手に取り、私のことをなんとも言えぬ表情でじっと見つめている。

　な、なんだ……？　鈴山さんとそんなに仲良くしてほしくないのか……？

「三条様、ぜひ祝杯の声かけをお願いしたいですわ」

　不機嫌な紫音をスルーして、鈴山さんは乾杯の音頭を三条君にお願いする。

　三条君はそれをナチュラルに受け入れて、グラスをすっと上にあげた。

「じゃあ、今日は来てくれてありがとう。乾杯」

　三条君の言葉で、グラスを皆で重ね合わせる。チン、というガラスがぶつかり合う音が響いて、私は少し大人な気持ちになった。

　一口飲むと、口の中いっぱいにぶどうの濃厚な香りが広がる。このジュース、私が知ってるぶどうジュースじゃない！　美味しすぎる！　これはぶどう好きの紫音なら尚更感動なのでは……！

「紫音、このぶどうジュース美味しいね！」

　興奮して話しかけたが、紫音はまだジュースを口にしていなかった。

「……鈴山さん、変なもん入れてないですよね？」

「紫音!?　失礼すぎるよ！」

　ジュースを飲まないどころか、鈴山さんにかなり失礼なことを言ってのける紫音に、私は青ざめた。

　鈴山さんは困ったように笑っていて、私はそれを見ていられなくて、紫音のことをキッと睨みつける。

「普通にすっごく美味しいぶどうジュースだから！」

「ふぅーん……」

「紫音、どうしちゃったの？」

　グラスをしばらく訝しげに見つめていた紫音だけど、私の怒った顔を見て、しぶしぶ「分かったよ」と言って紫音はジュースを飲んだ。

　私は鈴山さんにぺこぺこ頭を下げて謝罪する。

「すみません、うちの紫音が本当に失礼で……！」

「いいんですよ。紫音様レベルの人なら他人を警戒して当然です。では、私はこれで……」

「あ、もう行っちゃうんですか！」

　もしかして紫音の発言で気分を害したせいで帰ってしま

うのかと思った私は、少し焦った。

　すると鈴山さんは、一番近くにいる私にしか聞こえない距離で、ある一言を呟く。

「……アルファとオメガの恋愛なんて上手くいくわけないってこと、思い知るといいわ」

　え……？

　聞き間違いかと思ったけれど、去り際に見えた彼女の表情はとても冷たく暗い顔だった。

　上手くいくわけないって、いったいどういうこと……？

　聞き返そうと思ったけれど、彼女は人混みの中へと消えて行ってしまった。

　疑問に思ったまま、その日のパーティーを終えたのだった。

　パーティーを終えた私たちは、三条君のはからいで、特別にホテルに泊めてもらうことになった。

　ここは一階がレストランで、二階がホテルになってるらしい。

　赤絨毯が敷き詰められた廊下を歩いて、私は戸惑いながら部屋のドアの前で立ち止まった。

「ほ、本当に泊まっていいの……？」

「もちろん。ふたりは友達だから特別にね。当たり前だけど、紫音と千帆ちゃんの部屋は分けてあるから。俺はあと二時間くらいは仕事の手伝いで残ってるから、何かあったら呼んで」

　そう言って、三条君は私と紫音にルームキーを渡してくれた。

　紫音はそれを受け取ると、「じゃ、また明日」と言って早々に自分の部屋に入ろうとする。

　そのあっさりした様子を見て、三条君が意外そうな表情をした。

「あれ？　千帆ちゃんと同じ部屋でいい、とか言うと思ったけど、言わないんだ？」

「……言うわけねぇだろ。まだ番関係じゃないし、何が起こるか分からない」

「へぇ、本当に千帆ちゃんが大事なんだね、紫音君」

　ふたりの会話を聞きながら、私は頭の上にはてなマークを浮かべる。

　確かに、紫音は私の部屋に不用意に来なくなったし、朝起こしに来ることもなくなった。

　私を思って紫音が行動してくれているのは、なんとなく理解しているけれど……。

「じゃーな、千帆。朝寝坊すんなよ」

「うん、おやすみ紫音！」

　笑顔で返すと、紫音はバタンとドアを閉めて部屋の中に入って行った。

　三条君は、私を見てニコッと笑ってから、そっと私との距離を詰めてくる。

「じゃあ、俺が千帆ちゃんの部屋に遊びに行っちゃおうかな……？」

「いいよ！　ジェンガとかやる？」

「……うわー、一気に戦意喪失したー」

　張り切って提案すると、なぜか三条君は棒読みの台詞を吐いてから死んだ目になった。

　ジェンガという提案、イマイチだったのかな……。

　他に遊べそうなゲームを考えていると、三条君が突然真剣な顔になる。

「それは置いといて、ひとつ聞きたいことがあったんだ」

「ん？　何？」

「なんかさっき、鈴山さんに囁かれてなかった？　なんて言われたの？」

「えっ！」

　あの一瞬の出来事を、三条君は見ていたんだ……。

　そのまま伝えていいのか分からず、言葉を詰まらせていると、三条君が「ん？」と優しく目を細めて聞いてきた。

　正直、私もあの時言われた言葉がいまだに胸の中でモヤモヤと渦巻いていて……。

「アルファとオメガの恋愛なんて上手くいくわけないって……」

「……なるほど」

「ふ、深い意味があったりするのかな？　私勉強不足で、一般的に難しいものなの？」

　そう問いかけると、三条君はすごく難しい顔をして腕を組んだ。

「うーん、難しいことはないけど、千帆ちゃん達みたいに、

恋愛感情から番になる人たちはかなり珍しいね。なぜなら恋愛感情なんかより、遥かに本能的欲求の方が大きくて、コントロールできないものだから」

「ほ、本能的欲求……」

「理性を百パーセント失ったら、もうそれは別人だよ」

　そんなこと、今まで考えもしたことがなかった。

　感情と欲求の違いなんて……。

　もしかして紫音は、それを気にして、私を無理矢理襲ったりしないように、一定の距離を置いてくれてるのかな。

「まあ、俺も、今コントロールできるか分かんないけどね？だってこんなに綺麗な格好してるんだもん、千帆ちゃん」

「わっ……！」

　トン、と壁に手を突いて、三条君が私との距離を縮めてきた。

　驚き思わず声をあげるも、三条君は構わず私の目をまっすぐ見つめてくる。

「綺麗、本当に」

「あ、ありがと……」

　色素の薄い、ビー玉みたいに綺麗な瞳。

　その美しさに、思わずまた拝みたくなる気持ちになったけれど、私は慌てて目を逸らす。

　そんな私の顔をグイッとふたたび正面に向けて、三条君はそっと耳元で囁いた。

「……まだ俺、全然諦めてないからね」

「えっ……」

「なーんて」

　思い切り困惑した顔で三条君のことを見つめると、彼はすぐにパッと表情を切り替えて、冗談めかしく笑った。

　こ、こうやって何人もの女子が彼の虜(とりこ)になってきたんだろう……。なんて危険な人なんだ……！

　私は「からかうの禁止！」と注意して、部屋の中に入ろうとした。

　しかし、その手をパシっと掴まれ、止められる。

「ねぇ、鈴山さんには他には本当に何もされてない？」

「え、う、うん……」

「あんまり近づかない方がいいよ。紫音君も多分、今彼女のことを詳しく調べてるんだと思う。部屋にパソコンあるかって聞かれたし」

「そ、そうなの……？」

「まあ、俺たちがいるし大丈夫。おやすみ、千帆ちゃん」

　ゆっくりとドアを閉められ、今度こそ私は部屋の中にひとりになった。

　鈴山さんについて謎だらけのままひとりにされても、なんだか気持ちが落ち着かないんですけど……。

　なんて思いつつ、部屋の豪華さに驚いてしまう。

「す、すごい！　紫音の会社のホテルが提携してるだけある……」

　床一面には絨毯が敷き詰められていて、猫脚の家具はピカピカに磨かれている。

　三人は余裕で寝られるくらい広いベッドは、天蓋(てんがい)付き。

　この前泊まった、紫音のホテルと同じくらい豪華な部屋だ。

　私はそっとベッドに腰掛け、そのままゆっくり体を倒してみる。

　目を閉じると、さっき三条君に言われたことが蘇ってきた。

『恋愛感情なんかより、遥かに本能的欲求の方が大きくて、コントロールできないものだから』

　それはつまり、好きな相手にも簡単に理性がきかなくなる、ということなんだろう。

　番になればお互いのフェロモンをコントロールできるようになるけど、それまではきっと困難なことがある。

　紫音を大切にできるように、私も何かできることを考えていきたいな……。

　そんなことを考えていると、隣の部屋からガシャーン！と何かが激しく割れる音が聞こえた。

「紫音!?」

　いったい、なんの音!?

　私は慌ててガバッと起き上がり、紫音がいる隣の部屋へと向かう。

　幸い鍵が開いていたため、ノックもせずにドアを開けた。

「紫音、どうしたの!?」

「来るな千帆!!」

　紫音の足元には水が入っていたであろうグラスの破片が散らばっていて、彼は苦しそうに床にうずくまっている。

　来るなと大声で言われたけれど、私はもちろん紫音の元へと駆けつけた。

「どうしたの？　気持ち悪いの？　目眩？」

「離れて、頼む、千帆っ……」

「え……？」

「やっぱり、あのジュース、変なの入ってた……っ」

　苦しそうに呻いている紫音。

　私は紫音の顔を覗き込みながら、必死に彼の言葉を拾おうとする。

　変なの入ってた……って、どういうこと？

　ジュースって、鈴山さんが持ってきてくれたぶどうジュースのこと？

　とにかく水を飲ませなきゃと思い、ローテーブルに置かれているペットボトルの水を取ろうとすると、そのそばにある開きっぱなしのノートパソコンに偶然目がいった。

　その画面には、ある記事が表示されていた。

【別称・別れ薬？　アルファの興奮を高める薬、ティーンの間で広まる。目的は、アルファとオメガの恋人関係を破綻させるためか】

　別れ薬……？　何、それ……。

　茫然としながら、パソコン画面を見つめる。

　アルファの正気を失わせることで、オメガの恋人との信頼関係を破綻させることが目的……、より優秀な遺伝子との結婚を望むアルファ女性が乱用……などと書かれている。

　他にも、"一家全員アルファ"にする目的のためだけに、アルファの養子をとる家庭が増えてることなども。

「まさか、こんなことが……」

　ショックで言葉が出ない。

　遺伝子だけを見て、その人の中身も見ずに、身勝手に行動してる人がいるだなんて。

　怒りで震える手をおさえながら、私はすぐにパソコンにとある言葉を打ち込んだ。

【別れ薬　対処法　誤って飲んだ場合】

　苦しそうな紫音をひとまず寝かせながら、私は必死でこの状況を変えられる方法を探した。

「紫音、待ってね、今すぐ解決法探すから……！」

「千帆……」

「キャッ」

　検索ボタンを押した瞬間、後ろから紫音に抱きしめられ、そのまま床に押し倒された。

　ぐるっと視界が反転し、天井が目の前に広がる。

　興奮状態の紫音の目を見て、私はすぐにあの言葉を思い出した。

『理性を百パーセント失ったら、もうそれは別人だよ』

　あ、本当だ……。

　"この人"は――、紫音じゃない。

　瞬時にそう悟った。

「千帆っ……」

「紫音、やめて、元に戻って……！　んんっ」

　無理矢理キスをされ、助けを求める言葉を塞がれた。

　好きなのに。紫音の体なのに。

　どうしてだろう、怖くてたまらない。

　理由は分かっている。このキスには……"感情"がないからだ。

「紫音、待って、目を覚まして……！　そんな変な薬に負けないで！」

「千帆……」

　必死で紫音の体を叩いたり、全身で抵抗してみたりする。だけど、紫音の体はびくともしない。

　紫音の手が簡単に私の服を脱がせて、体の至るところに唇が触れる。

　どうしよう。どうしよう。

　このままじゃ、紫音が傷つく。

　ずっと、"こんなこと"にならないように、私のことを守ってくれていたのに。

　紫音の気持ちを想像すると、じわっと涙が滲み出てくる。

『俺と"番"になる？　千帆』

『本当はこんな形で、言いたくなかったけど』

　あの時の、切なそうな表情の紫音が、頭の中にふと浮かんできた。

　私と、"心"で繋がることを望んでいた紫音。

　今更あの言葉が染みて、胸がキュッと苦しくなる。

　私は、紫音が好き。たとえどんな姿形になっても、アルファだろうとオメガだろうとベータだろうと、関係ない。

　私は、"伊集院紫音"が好き。だから、守りたい。

『アルファとオメガの恋愛なんて上手くいくわけないってこと、思い知るといいわ』

「るさいっ……、負けないっ……！」

　熱っぽい表情の紫音の肩を、私はガシッと掴んだ。それから、なんとかキスを拒んで、全力で紫音の体を押し返す。

　キスから解放され起き上がれたその隙に、私は大声で叫んだ。

「誰かー!!　助けてください!!!!」

　負けない。こんなことで、紫音を傷つけたりしたくない。

　本能的欲求だけで私を襲ってしまうことを、紫音はきっと一番恐れていたはずだから。

「三条君ーーー!!!!」

　力の限り、お腹の底から叫ぶ。

　しかし、それでも紫音の目は虚ろなまま。

　熱い吐息が首筋にかかって、ふたたび私の体は押し倒されてしまった。

　ダメだ、仕方ない。こうなったらもう、やるしかない。

　私は深呼吸してから、大きく右手を振りかぶった——その時、バン！と大きな音を立てて扉が開き、焦った様子の三条君がやってきた。

「千帆ちゃん!!」

　けれど、もうタイミング的に間に合わず、私は思い切り紫音のことをビンタしていた。

　バッチーン！という音が室内に響いて、部屋が静まり返

る。

　シーン……という効果音がつきそうなほどの静寂。

　頬を叩かれた紫音は固まったまま、何も言葉を発さない。

　三条君は、そんな私たちを見て紫音と同じようにポカンとしている。

「起きて紫音!!　別れ薬なんてしょうもない薬で私たちの関係が終わるわけないけど、紫音は絶対罪悪感抱くでしょ!?　それが嫌なら元に戻って!!」

「…………」

「私は紫音を諦めたりしないからね、絶対!!」

　そう言い切ると、紫音の虚ろな目が徐々に光を取り戻していくのが分かった。

　紫音は大きく目を見開いて、私のことを見つめている。

　しばらくの沈黙の後、紫音がゆっくり口を開いた。

「……ごめん、千帆、俺、ずっと片隅で意識はあったのに、体が言うこときかなくなって……それで……」

「紫音、目が覚めたの？」

「うん……。ごめん」

　紫音の震える手を、私はぎゅっと握りしめる。

　それから、笑顔で「ならよかった」と呟いた。

　怖かったからなのか、安堵からなのかよく分かんないけど、ちょっと涙も出てしまった。

　そんな私を見て、紫音はますます苦しそうな顔になる。

「千帆……怖かっただろ」

「うん、ちょっとね。でも、大丈夫」

「千帆の声、ずっと聞こえてたから」

「そうなんだ、めげずに叫んでよかった！」

「ねぇ……、抱きしめてもいい？」

　珍しく自信なさげに呟く紫音。

　私は目を細めて笑って、両手をガバッと広げる。

　それから、ハッキリとした声で「いいよ」と答えた。

　すると、紫音はまるで宝物を抱きしめるように、優しく私の体に手を回す。

　そして、私の肩に顔を埋めながら、掠れた声で囁いたのだ。

「……千帆、愛してる」

「うん……、私も」

　即答すると、今度は痛いくらいにギューッと強く抱きしめられた。

　よかった。本当の紫音に戻ってくれて。

　やっぱり、"感情"のある触れ合いは、すごくすごーく、幸せな気持になれる。

「で、俺は何を見せられてるんだろうね」

「は！　三条君、ごめん、すっかり……!?」

　突然聞こえてきた声に驚き顔を上げると、そこにはかなり呆れ返っている三条君がいた。

　しまった！　助けを呼んでおいて彼の存在をすっかり忘れていた！

　そりゃ死んだ魚の目になっても仕方ない……。

　紫音は三条君の存在に気づくと、私の乱れた服をサッと

直して、これ見よがしに私のことを抱きしめる。

「というわけで三条、俺たちの間には一ミリも隙なんてないから、潔く諦めろよ」

「さっきまで獣みたいに正気失ってた人がよく言うねー」

「お前はいつだってところ構わず獣だろ」

「人ってさー、諦めろって言われると余計燃えるもんだよね」

　も、もしやまた喧嘩始めてる……？

　こんな時でさえ？

　紫音と三条君の間にバチバチと火花が散っている様子を、私はハラハラしながら見守ることしかできない。

　ハァ、できれば仲良くしてほしいんだけど、そんな日は来ないのかな……。

　なんて思ってると、三条君がチラッと私の方を見て、急に優しい口調になった。

「まあでもさすがに今は、ふたりの間に入ろうとは思えないかな」

「え……？」

「……あんなに、全然ブレない千帆ちゃんの姿見たらね」

　三条君は少し切なげに笑って、そう呟いた。

　紫音はぎゅっと私の肩を抱いたまま、三条君くんのことを見上げている。

「紫音君、レストラン会場にあるカメラ、証拠として警察に渡しておくね。これ以上被害者が出ないうちに」

「ああ、もうあの女がどうなろうとどうでもいいからな」

「じゃあ、ちょっと下で映像集めてくるよ。ふたりは休んでて」

　鈴山さん……。紫音のことが好きで、こんなことをしてしまったのかな……。

　真相は分からないけれど、危険な薬を使うことはよくないから、自分の行いの危うさに気づいてほしいな。

　いつか、アルファとかオメガとか、そんな壁を取っ払って、世界を見れますように……。

　バタンとドアが閉まって、私と紫音は部屋にふたりきりになる。

　私たちは、じっと見つめ合ってから、どちらからともなくそっと手を握りしめ合った。

「ありがとう、千帆……」

　目を瞑り私と額をくっつけて、紫音が少し震えた声でそんなことをこぼすもんだから、少しだけ涙腺が緩んでしまった。

番の契約

「えーと、では……、よろしくお願いします」

「なんかやりづらいな……」

「いや、私もどうしたらいいのやら……」

　久々に私の部屋に、紫音がやってきた。

　あのパーティーから数カ月が経ち──、私たちは三年生に進級した。

　紫音と三条君は新入生にしばらく追いかけ回される日々を送っていたけれど、ようやく少し落ち着いた頃。

　私と紫音は、十八歳の誕生日を迎えた。そう、番関係を結べる年齢に達したのだ。

　そして今、日曜日のお昼に、私たちはベッドの上で向かい合ったまま、うーんとお互いに難しい顔をしていた。

「紫音が私のうなじを噛んだら、番になれるんだよね？」

「そう。でも、どのくらいの強さで噛んだらいいのか分からない」

「痛いのは嫌だなー」

　私服姿の紫音は、ノーカラーの白いシャツを着てるだけなのに、なぜか雑誌から切り抜いたワンシーンみたいになっている。

　ちなみに私は、ポロシャツワンピースという、じつにラフな格好をしている。

　特別な日になるはずだけど、私たちはいつも通りの雰囲

気で、今日この部屋に集まった。ちなみに、うちの家族たちは今日は皆外に出ていていない。

「よし！　ひとまず試してみよう！　いつでもどうぞ！」

　覚悟を決めて、私は紫音に背中を向ける。

「……痛かったらちゃんと言ってよ」

　紫音も珍しく緊張してるようで、私の髪の毛を恐る恐る掻き上げている。

　首が露わになって、少しスースーした。

　うわー！　なんか緊張する！

　紫音の細い指が首に触れて、ドキンと心臓が高鳴る。

「噛むよ、千帆」

　紫音の吐息が少しだけ首にかかったのを感じると、歯が首に食い込んだ。

「あっ……」

　ドクン、と血が一気に駆け巡るのが分かった。噛まれた瞬間、声にならないような甘い痺れが全身に走り、私は一瞬気を失いそうになる。

　この部屋で初めて紫音とキスした時のように、電流が体を駆け巡った。

　め、目の前が……チカチカする……。

「千帆、大丈夫……？」

　紫音の心配そうな声が聞こえて、私は首を縦に振った。

　体がなんだか熱い……。紫音はどうなんだろう。

「なんか、心臓がドクンドクンしてる……。紫音は？」

「俺も、少しだけ体が熱い」

「これで、番になれたのかな……？」

「うん、そのはず」

　紫音はじっと私のことを見つめてから、ぐいっと腕を引っ張って抱きしめる。

　体が触れ合うと、もっと心臓がうるさくなったけど、紫音の体と一体化するような、そんな心地よさがあった。

　その時、多分お互いに確信した。私たちはちゃんと、番になれたのだと。

「もう一生離れられないよ、俺から」

「はは、怖い言い方するね」

「残念だったね、俺みたいなアルファに捕まって」

　紫音はチュッと私の頬にキスをしてから、私の頬に手を添えてまっすぐ目を見つめてくる。

　ただの幼なじみだった頃が思い出せないほど、紫音にドキドキしている。

　自分がオメガだと分かってから、一年間が過ぎていた。今日この日まで、本当に本当に色んなことがあった。

　多分この先も、人一倍波瀾万丈な人生になることは間違いない。

　だけど、“本能”で分かっている。

　紫音と一緒なら、何もかも、大丈夫だってこと。

「千帆と出会ってなかったら、俺はきっと誰にも心を開かずに生きてただろうな」

「え……？」

「小学生の頃から、俺が千帆のこと好きだったの、気づい

てないよね？」

「え、そうなの！」

　驚き声をあげると、紫音は「だろうね」と呆れた顔になる。

　ま、まさかそんな昔から、恋愛感情を持っていてくれたなんて……。

　申し訳ないけど、小学生の頃は恋なんて全然知らなかったし、紫音のことは頼りになる幼なじみとしか思っていなかった。

　私たちはもう高校生なわけで、紫音は何年私のことを想っていてくれたんだろうか。

「いつも千帆に会いたいのは俺の方だし、好きって気持ちも絶対俺の方が大きい。俺は千帆がいないとダメだけど、千帆はきっとそうじゃないしね」

「そ、そんなことないよ……？」

「いいんだよ、それで。ずっと好きでいてもらうために、頑張れるし」

　紫音はフッと静かに笑うと、私の肩を優しく両手で持って、ベッドの上に押し倒した。

　紫音の綺麗な顔が視界に広がり、彼の黒髪がサラリと落ちて、また心臓が大きく跳ね上がる。

「俺は千帆に救われてばっかりだ、昔から」

　紫音は、少し掠れた声でそう呟くと、私の顔に手を添えて、真剣な顔になった。

「……俺と結婚して、千帆」

「え……」

「千帆がいない人生なんて、もう一生考えられない。千帆にもらったものを、一生かけて俺にも返させて」

　まっすぐな瞳でそんなことを宣言されたら、誰だって頭が真っ白になると思う。

　でも、じわじわと言葉の意味を理解できるようになって、なぜか涙腺が緩んでしまった。

　胸が、震える。紫音の言葉ひとつひとつに、こんなにも心が動かされる。

　何があっても、紫音を大切にしたいと、そう思える。

　私の未来にも、間違いなく、紫音が必要だ。

「うんっ、喜んで……っ」

　目尻に少し涙を溜めながら答えると、紫音も一瞬泣きそうな顔で笑った。

　自然な流れで、唇がチュッと触れ合う。

　幸せすぎて、脳が溶けてしまいそうだ。

「……いい？　千帆」

　艶っぽい声で耳元で囁かれたら、いくらなんでもどんな意味か分かる。

　私は緊張しながらも、こくんと頷いて、紫音の背中に手を回した。

『お前は、ベータじゃなくて変化型のオメガだ。つまり、いつか俺がお前を襲う可能性が高い』

　自分がオメガだと知ったあの日から、私たちの関係は少しだけ変わった。

　ずっと紫音は、フェロモンに振り回されてしまうかもしれない自分が怖くて、仕方なかったはず。

　だけどもう、そんな怖い思いを、紫音にさせなくて済むんだね。

　私たちはもう、番になったんだから。

「紫音、我慢してくれてた分、たくさん触っていいからね！」

「ぶっ」

　勢いのある私の言葉に、紫音は激しく動揺して咽せている。

　そ、そんなに変なこと言ったかな？

　キョトンとしていると、紫音が心底呆れた顔で私を見おろす。

「本当にお前は……、どれだけ俺のこと振り回したら気が済むんだよ」

「ふ、振り回してないよ……？」

「キレた。じゃあもう、遠慮なく触りまくるから」

「わっ」

　紫音はワンピースを捲ると、肌を優しく撫でる。

　体に顔を埋められて、羞恥心で頭がパンクしそうになった。

　わー！　自分で触っていいと言ったけど、やっぱり恥ずかしいよ……！

　私が顔を真っ赤にして恥ずかしさに耐えていると、紫音は真顔で謝ってきた。

「ごめん。言い方悪いけど今めちゃくちゃ支配欲満たされ

てる」

「え、何……？」

「何も我慢できなかったらごめん。先謝っておく」

「さ、先に謝られても……！」

　思わずツッコミを入れたけれど、すぐに深いキスで塞がれてしまった。

　手もしっかりと繋がれたまま、紫音の唇が色んな箇所に触れる。

「んっ、紫音っ……待っ」

「待たない。もうそんな余裕ない」

「んんっ……」

　頭が朦朧（もうろう）として、ぼーっとする。

　紫音にされるがままになっていると、チュッとおでこにキスをされた。

「大好きだよ、千帆」

　優しい目でそう囁かれて、胸がキュッと苦しくなった。

　余裕がなくて声に出せなかったけれど、私も心中でそっと呟く。

　私も大好きだよ、紫音。

　これから先も、ずっと一緒にいてね。

　そうして、私たちはようやく番に……ひとつになったのだ。

これから先もずっと

「千帆！　本当におめでとう〜!!」

「アンタ綺麗になって……。たまには僕たちも紫音様と会わせなさいよ！」

「かおりん、タケゾー、今日は来てくれてありがとう！」

　あれから、更に一年後。

　私と紫音は、無事に正式に夫婦になった。

　紫音は大学に進学しつつ、お父さんの下で半分働いている。

　私は専門学校へ入学し、今は栄養士の資格を取るために勉強中。進学理由は、大好きな食べ物に関わる仕事をしてみたいと思ったから。

　お互い進学して、少し落ち着いた六月。

　私と紫音は今日──、結婚式を挙げている。

　と言っても、壮大な式ではなく、私の希望でかなり小規模なガーデンウェディングにしてもらった。

　森に囲まれた小さな教会で挙式を終えた後、青空の下で皆と立食パーティーをしている。

　友人として招待したのは、かおりんとタケゾーと、それから三条君の三人だ。

「千帆ちゃん、Aラインのドレス似合ってる。綺麗だね」

「三条君！　海外からわざわざ来てくれてありがとうね！」

　高級そうなスーツを身に纏った三条君は、わざわざロン

ドンから駆けつけてくれた。

　海外の大学に進学した三条君は、今は経営学を学びながら海外生活を楽しんでいるらしい。

　ちなみに、かおりんは都内の女子大に、タケゾーは美容専門学校に進学した。

　あとから分かった話だけど、タケゾーが私のフェロモンに反応しなかったのは、彼も私と同じ変異型のオメガだったからみたい。

　皆バラバラになっちゃったけど、それぞれの道を歩んでいる。

　今日は卒業式以来に集まれて、すごく嬉しい。

「紫音様は、千帆の家族に捕まってるね」

「そうなの。うちの家族、全員紫音ラブだから……」

　かおりんの言葉に、チラッと後ろを振り返ると、紫音が私の家族に絡まれてる様子が見えた。

　紫音と結婚すると決まったその日、私の家族はお祭りモード全開になり、かなり前のめりで結婚を許可してくれた。

　弟の拓馬なんて、『俺生まれて初めて姉ちゃんのこと尊敬したよ』なんてキラキラした目で言っていた。

　我が家族ながら、なんて分かりやすい家族なんだ……。

「あーん、僕も紫音様と話したいのにー」

　タケゾーがそうこぼすと、三条君が「それならすぐにこっちに呼べる方法あるよ」と、サラッと言ってのけた。

　何何？と全員で耳を傾けると、三条君はニヤッと口角を

上げてから、私の肩をぐいっと抱いた。

「千帆ちゃん、一緒に写真撮ろう」

「わっ、しゃ、写真？」

「うん、こうしてたらあと数秒後には紫音君来ると思うよ」

　なんて言っていたら、突然誰かにスマホのカメラを塞がれた。

　振り返ると、そこには本当にライトグレーのタキシード姿の紫音がいた。しかも、超不機嫌な様子で。

「お前を今日呼んだのはやっぱり間違いだったな」

「やだなー、お互い仕事で関わりあるんだから、仲良くしておいた方がメリットあるよ？」

「次千帆に触れたら吊るすぞ」

「結婚しても余裕ないんだねー。重すぎると引かれるよ？」

　こ、この人たちはなんですぐこうなるの……!?

　高校生の時とまったく変わっていないふたりの間に、私は慌てて割って入る。

「もう！　こんな日まで喧嘩やめて!!」

「千帆ちゃん、離婚したらいつでも連絡して。ロンドンから飛んでくるから」

「二度と日本に戻ってくるな」

「だからふたりとも……！　あっ」

　ふたりの仲裁をしながら、かおりんとタケゾーを置いてけぼりにしてしまってることに気づき、私はハッとしてふたりの方を振り返る。

　困らせてしまってるかもと思ったけれど、ふたりはなぜ

かポーッとした表情をしている。

「イ、イケメンアルファふたりの破壊力、エグい……」

「僕、本当に今日来てよかった……。イケメンは世界を救う……」

「ちょっと！ ふたりとも戻ってきて！ イケメンに弱すぎだよ!!」

　ふたりの肩を順番に揺らしたけれど、帰ってきてくれない。

　こ、このふたりも高校生の時から全然変わってないし……。イケメンに騙されたりしないか不安すぎるよ……。

　カオスな状態に茫然としていると、カメラマンさんが遠くから私たちを呼んだ。

「ご夫婦のスナップ写真、そろそろ撮りたいと思いまーす！」

「あ、ハイ！ ほら紫音、行くよ！」

　三条君とバチバチになっていた紫音の腕を引っ張り、カメラマンさんがいる噴水の前まで向かう。

　挙式前に写真は沢山撮ったけれど、外でも追加で撮ってくれるみたいだ。

　紫音は写真が苦手なので、さっきも、笑顔で！と何度も注意を受けていた。

　今度は上手く笑ってくれるといいけど……。

「では、おふたり向かい合って、会話する感じでお願いしまーす！ 何かテキトーに話していてください！」

　三十前後の短髪のお兄さんが、カメラを私たちに向ける。

　目の前にいるタキシード姿の紫音は、相変わらず少女漫画から抜け出してしまったヒーローみたいに輝いてる。
「三条のやつ、やっぱり呼ぶんじゃなかったな」
「紫音！　笑顔だよ！　話題違う方がいいんじゃない？」
「……確かに」
　私の必死な言葉に、紫音は納得したような素振りを見せると、じっと私のことを見て話題を変えた。
「バタバタしててちゃんと言えてなかったけど、綺麗だよ、千帆」
「あ、ありがとっ……！　紫音も似合ってる！」
　大学生になってから、紫音はすごーく大人っぽくなった。
　身長も更に伸びて、今は百八十五くらいあるみたい。
　頭ひとつ以上背の高い紫音を見上げていたら、彼は少し屈んで、私の耳元に顔を寄せてきた。
「今日の夜は寝かせられないと思うから、そのつもりで」
「なっ、なっ……！」
「何驚いてんの？　当たり前でしょ」
　そんなことを余裕な笑みで宣言されたら、一気にドキドキしてきた。
　もう夫婦になったというのに……まだ慣れないなあ。紫音は本当にズルい。
「色々あったけど……、ようやくここまで来れたな」
　しみじみとした紫音の言葉に、私はこくんと頷く。
　本当に今日まで、たくさんのことがあった。
　だけど私たちはこうして今、一緒にいる。

　小学生の頃の私がこの未来を知ったら、きっとすごく驚くだろう。

　本当に人生、何があるか分からないなあ……。

　なんだか感慨深くなった私は、紫音にお礼を伝えたくなった。

「紫音、ありがとうね」

「え？」

「私と出会ってくれて、ありがとう。これからも、よろしくお願いしますっ」

　ペコッと頭を下げると、カメラマンさんに「ご新婦様、横向きはキープでお願いします！」と怒られてしまった。

　そうだった、今は撮影中だったんだ！

　恥ずかしい……！

　紫音も呆れてるだろうと思い視線を上げると――、目の前に紫音の顔があった。

「え……」

　驚いたのも束の間、唇にチュッと優しく、紫音の唇が触れる。

　その瞬間、「いいですねー！」というカメラマンさんの声が上がり、シャッター音が増えた。

　ポカンとした顔で紫音を見上げると、彼はドキッとするくらい優しい眼差しを向けていた。

「……周りに特別扱いされる度に、孤独を感じてた。千帆に出会うまでは」

「紫音……」

「でももう、全部大丈夫だ。千帆がいるから」

　その笑顔に、胸の奥の奥が、ギューッと苦しくなった。

　私たちが出会ったのは、本当にただの偶然で、奇跡だ。

　そしてたまたま、紫音はアルファで、私はオメガだった。

　フェロモンに振り回されたせいで、自分の感情を見失いそうになって怖くなったこともあったけれど、今はこの関係を楽しみたいと思ってる。

　——本能でも、心でも、紫音を求めている。

「紫音、ずっと一緒にいようね。大好きだよ」

　私も笑ってそう伝えると、紫音は更に優しく目を細めた。

　幸せな瞬間をおさめるように、シャッターが何度も切られる。

「いい笑顔ですね、おふたりとも！」

　カメラマンさんの言葉に、ふたりして照れ臭さ全開で、また笑い合った。

　遠くで家族と友人たちが冷やかしてくる声まで聞こえてくる。

「ふたりとも、お幸せにー！」

　声を揃えて届いた声援に、私たちは共に手を振り応える。

　……どれだけ紫音が大切か、まだ上手く言葉にできないけれど、やっぱりあの言葉がしっくりくるよ。

　フェロモンが作用してしまうこの関係も、全部受け入れて、紫音と一緒に生きていきたい。

　それを全部一言にまとめるとしたら、この言葉しかない。

これからも、君を──"本能レベルで、愛してる"。

end

書籍限定番外編

世界で一番愛おしい　side紫音

　千帆と高校卒業と同時に結婚し、大学一年生になった初夏のこと。

　父親の仕事を手伝いながら、学生生活を送ることにはだいぶ慣れてきた。

　都内でもかなり難関な大学に進んだからなのか、校内にはアルファの人間が多く、くだらないスクールカーストが目立つ。

　経済学部に進学し、あまり自分からは人とかかわらず過ごしてきた俺だけど、今、さすがに見過ごせない状況に直面している。

「ベータのくせに、調子乗ってんじゃないわよ！」

「あんたの親の会社なんて、私の家の力ですぐつぶせるんだからね」

　学食の隣の席で、何やらふたりの女子がひとりの女子に対して怒りをぶつけている。

　まわりもアルファの生徒ばかりだからか、誰も助けようとはせず、普通にスルーして食事を楽しんでいる。

　俺も、昼休憩は必ず千帆にメッセージを送ってやりとりをしているが、あまりの修羅場に手が止まった。

「うわ……キッツ。キレてる側、ミスコンで優勝してた古里だよな？　親が政治家の……」

「へぇ……そうなんだ」

　同じ学部で唯一、一緒に過ごすことの多い友人で、眼鏡に天然パーマの吉川（きっかわ）が、ラーメンを啜（すす）るのをやめ眉を顰（ひそ）めた。

　ちなみに吉川も同じアルファだけれど、人とのかかわりに疲れて大学ではひっそり過ごすことを望んでいる。そういうところが自分と似ていたので、自然と一緒にいるようになった。

　責め立てられている女子は、じっと俯いたまま、少しウェーブがかった黒髪を下に垂らしている。

　けれど、あまりの罵声に限界が来たのか、彼女はぐっと顔をあげて口を開いた。

「あなた達が講義中にうるさくしてるから、注意したまでです。それの何が悪いんですか？」

「ベータが一生懸命勉強したところで、あたし達アルファに敵うわけないから！」

「知ってます。だから、講義ひとつひとつが大事なんです。分かってください」

「はあ……⁉」

　聞き捨てならないアルファの乱暴な言葉の嵐。

　ミスコンに出たという女が、そばにあった水入りのコップを取って、バッと振りかざす。

　その瞬間体が動いて、俺は気づいたら代わりに水をかぶっていた。

「えっ……、伊集院君⁉」

　ぽたぽたと滴り落ちる水の行く末を黙って見ながら、俺

は深いため息を吐いた。

　アルファの女子ふたりは目を丸くして俺のことを凝視していて、周りにいた生徒達も次々に騒ぎ出す。

「え！　何で伊集院君水被ってんの⁉」

「また古里がヒス起こしてんのかな」

「はあ、伊集院君、水被ってもイケメン……。アルファの中でもダントツの美男子……」

「あの女の子のこと、助けたっぽいよ。はあ、かっこいい」

　あー、うるさい。

　俺は乱暴に水滴を服で拭ってから、アルファの女ふたりを睨みつけた。

「アルファだからベータだからって、さっきから耳障りなんだけど」

「えっ、だ、だってそれは本当のことだから……！」

「努力の上に成り立つものに、バース性は一切関係ない」

　俺はそれだけ言い切ると、スタスタと歩いて自分の席に戻った。

　吉川が「大丈夫かよ、風邪引くぞ」と言ってスポーツタオルを貸してくれたので、俺はそれで髪の毛を拭いた。

　チラッと修羅場があった方を見ると、アルファのふたりは顔を真っ赤にして肩を震わせていて、責められていた生徒はぽかんとした顔でこっちを見ていた。

　俺は彼女に会釈だけして席を立った。

　別に、あの生徒を助けたかったわけじゃない。

　俺が千帆からもらった優しさを、あの場面で分けてもい

いんじゃないかと思ったからだ。

　アルファという自分を受け入れることができたのは、間違いなく千帆のおかげだ。

　　　　　○

「えー！　そんなことがあったの！」

　帰宅し夕飯の準備をしていると、エプロン姿の千帆が、山盛りの唐揚げを用意しながら驚きの声をあげた。

　伊集院家が経営しているマンションを借りて、2LDKの部屋で一緒に住むようになってから、朝と夕はこうして毎日一緒に食事をしている。

　食器を用意しながら今日あった出来事を話すと、千帆はショックを受けつつも、「そっかあ……アルファが多い大学だとそんなことが」と少し悲しそうにつぶやいた。

　食卓に料理が並ぶと、手を合わせて「いただきます」と同時に言う。

　こんな些細なことに俺はいまだにかなりの幸せを感じているし、千帆と一緒に住めることを夢のように思っているけれど、きっと千帆はもうすっかりこの生活に慣れているのだろう。

「紫音がそんな風に助けてくれたこと、私も嬉しいな」

「いや、全然助けたってわけじゃないけど……」

「きっとその子も、紫音に救われたはずだよ」

　えらいねと、子供をあやすように頭を撫でられ、俺は何

ともいえない表情をした。

　頭を撫でられることよりも、優しい笑顔で俺の頭を撫でている千帆が可愛すぎてドキドキする。

　俺はパシッとその手を取って、千帆のことをじっと見つめた。

「人とかかわろうと思えたのは、千帆と出会えたからだよ」

「え……」

「千帆がいなかったら、きっと俺は今日の出来事も見逃してた」

　真剣にそう伝えると、千帆は一瞬キョトンとしてから、またすぐに笑顔になった。

「そんなことないよ。紫音は元から優しいもん」

　その笑顔に、また胸が苦しくなる。

　俺は熱のこもった瞳で彼女のことを見つめてたまま立ち上がり、テーブル越しにチュッとキスをした。

「ななっ……！　何急に！」

「もっかい。足りない」

「んっ、ふっ……」

　必死に酸素を求めてカーッと顔を赤くしながら、キスを受け入れている千帆が死ぬほど可愛い。

　ようやく唇を離すと、千帆はぷはっと呼吸を再開した。

「し、紫音のキスのタイミング、いつも謎すぎるよ！」

「千帆が隙だらけなのが悪い」

　照れながら怒っている千帆を心底愛おしく思いながらも、俺は彼女が作ってくれた唐揚げをようやく口に運んだ。

　千帆とのこの幸せな生活を守っていけるように、はやく
バース性差別のない社会をつくっていかなくては。
　そのためなら、俺はどんなことでも努力してみせる。
「唐揚げ、美味い」
「本当？　よかった！」
　赤面していた千帆に料理の感想を伝えると、彼女は
パァッと表情を明るくして、嬉しそうにガッツポーズをし
た。
　なんだその仕草……何しても可愛い。
「さすがに唐揚げ作りすぎちゃったなー。あ、そうだ！
明日お弁当にしてあげるよ！」
「本当に？　自分で詰めるよ」
「ううん、明日学校休みで暇なの」
「ありがとう。じゃあ、お願いしようかな」
　そんな約束を交わして、俺たちは夕食を終えた。
　千帆と話すだけで日々の雑音が削ぎ落とされて、癒され
ていく。
　千帆がもっと生きやすくなるように、平和に過ごせるよ
うに、俺は俺にできることをしていこうと、強く胸に誓っ
た。

　　　　　　○

　次の日。いつも通りの時間に起きると、千帆はすーすー
と可愛い寝息を立てて隣で寝ていた。

　お弁当を作ると意気込んでいたけれど、やっぱり起きられなかったんだろう。

　まあ、昨日の夜すぐに寝かせなかった俺が悪いんだけど。

「行ってくるね、千帆」

　寝ている彼女の頬にキスをして、俺はそっと家を出た。

　電車を乗り継ぎ大学に着くと、俺はいつも通り講義室に向かおうとした。

　今日は一限からみっちり講義が入っているため、眠気覚ましにコーヒーでも買っておくか。

　そう思い、レセプションルームにある自販機の前で立ち止まると、向かい側の廊下からちょうど吉川が現れた。

「よう、少女漫画のヒーローくん」

「なんだそのあだ名」

　ゆるい白シャツをオシャレに着こなしている吉川は、冷やかすように俺のことをダサいあだ名で呼んできた。

「ただでさえ爆裂にモテてるのに、これ以上色んな人悩殺してどうすんの？　すごかったよあの後の観衆のフェロモン。超絶ムワムワしてたじゃん」

「番がいるから俺には効かない」

「あ、そうでした。そのこと皆が知ったら卒倒しそうだなー」

　結婚もして、番の契約もすでに交わしていることを、吉川以外にこの大学で知っている人はいない。別に、自ら言いふらすことでもないし。

「何で大学では結婚指輪つけないの？」

「千帆のことを詮索するやつが現れたら、俺何するか分からないから」

「うわー……、独占欲エグ……」

　どうとでも言えばいい。千帆の可愛さに気づくやつがこれ以上現れたら困るし、指輪をつけていてもいなくても、俺は千帆しか愛さない。

　吉川の引いた感想を聞き流していると、ふと横から視線を感じた。

「あ、あの！　伊集院くん……！」

　名前を呼ばれて視線を移動させると、そこには眼鏡に黒髪ウェーブの、真面目そうな女生徒がいた。

　あれ、どこかで見たことあるような、ないような……。

「あ、私、黒磯のどかと言います。昨日は助けてくださり、ありがとうございました……」

　目を合わせたまま固まっていると、その女性は慌てたように自己紹介を始めた。

　ああ、あのときのベータの生徒だったのか。

　ほとんど顔を見ていなかったから、今気づいた。

「いいよ。大変だったね」

　それだけ言い残して、缶コーヒーを無事にゲットした俺は、その場をすぐに去ろうとした。

　しかし、そんな俺の腕を、彼女は突然ぐいっと引っ張る。

「よければ、お礼をさせてください！　クリーニング代もお渡しできていないので、せめて学食でもご馳走させてください」

　顔を真っ赤にしながら、そんなことを必死に伝えてくる黒磯さん。

　俺は「本当にいいって」と言ってやんわりと断ろうとするけれど、彼女は腕を離そうとしない。

「私、伊集院君と同じ高校出身なんです……。他クラスだったので、絶対覚えてないと思いますけど……」

「え？　あーそうなんだ」

　あまりにテキトーに返答をしていると、隣にいた吉川が、「こら、ちゃんと聞きなさいよ」となぜか母親口調で叱ってきた。

　と言われてもあの高校はかなりのマンモス高校だし、他クラスの生徒など覚えているはずもない。

「あの時から、伊集院君は普通のアルファとは違うなって、思ってました」

　黒磯さんは、緊張した面持ちで、そんなことをつぶやいている。

「努力にバース性は関係ないって言葉、すごく響きました。救われました」

　はっきりした口調でそこまで言い切ると、黒磯さんは大きな瞳をこっちに向けてきた。

　そして、バッと頭を下げて、「お願いです。お礼をさせてもらわないと、気が済まないんです」とまで言ってくる。

　途方に暮れた俺は、かなり迷いながらも、ちょうど隣にいた吉川の肩をポンと叩く。

「分かった。吉川と三人で食事しよう。でも奢りとかは本

当にいらないから」

「ええ！　なんで俺も？」

「暇だろ。じゃ、また後で」

　引き下がってくれそうになかったので、俺はなんとか話を丸め込んでその場を終わりにした。

　それで黒磯さんの気が済むなら、いいか。

　そんな軽い気持ちでOKしたことを、俺はのちに後悔することになる。

　　　　　　　○

　そもそも、こんなに広い学食でまた昼休憩に会うなんてこと、できないだろうと思っていた。

　けれど、黒磯さんは思ったよりも本気だったようで、学食の入り口で俺たちを待ち伏せていた。

「あ！　伊集院君……と、吉川君」

「……どーも」

「俺はついでかーい」

　平坦な声でツッコミを入れ終えた吉川が、こそっと俺に耳打ちをしてきた。

「紫音。この子めちゃめちゃフェロモン出してるけど、襲われないよう気をつけろよ。確実にお前のこと好きだろ」

「あ、そうなんだ。まあ別に、俺に効かなきゃ大丈夫だろ」

「そうかなあ……なんっか、俺の危ういセンサーが反応してるんだよなあ」

　心配そうな吉川をよそに、腹が減っていた俺はずかずか
と食券売り場へと向かった。

　ひとまず日替わりのパスタを頼み、トレーを持って並ぶ。

　黒磯さんはそんな俺の隣にピッタリとくっつくように並
んで、終始笑顔でいる。

　変に懐かれても困るな。

　なんて思ったら、千帆に冷たすぎると怒られるだろうか。

「伊集院君、本当に奢らせてくれないんですか」

「いいって。早く食べなよ。冷めるよ」

　眉を八の字にして申し訳なさそうにする黒磯さんを制し
て、俺はパスタを口に運ぶ。

　吉川は大盛りのカレーライスを食べながら、心配そうな
視線をこっちに向けている。

　黒磯さんはずっと俺の方に視線を向けながら、キラキラ
とした何かを送ってきた。

　なんだ、これは……。

　いったい俺に何を期待しているんだ……。

　黒磯さんが放つフェロモンは俺には効かないけれど、目
から感じる何かによって、どんどん精神的に追い込まれて
いる気がする。

　何かが限界に達してしまった俺は、一旦水を取りに行く
ことにした。

「ちょっと、水取ってくるわ」

　というのは嘘で、俺は外で食事をすることに決めた。

　あのまま一緒にいたら、彼女の体にもきっと良くないだ

ろうし。

　俺はメッセージで、吉川にそのまま戻らないことを伝えようとした。

　吉川は大食いだから、俺の分の食事も喜んで全部平らげてくれるだろう。

　裏門の近くについて、メッセージを送ろうとすると、その瞬間ちょうど千帆から通知が届いた。

「あれ、千帆から……？」

　千帆とのチャットルームを開こうとしたとき、タタタタと足音が後ろから聞こえてきて、俺は何か嫌な予感を感じ取り振り返った。

　するとそこには、予想通り走ってこっちに向かってくる黒磯さんがいた。

「待ってください！　私、ただ気持ちを伝えたかっただけで……！」

　まさかここまで追いかけてきたのか、それとも吉川が、多分戻ってこないよ的なことを言ってしまったのか。

　驚愕しながら校門前で立ち止まっていると、黒磯さんが石に躓いてこけた。

「きゃ……！」

　俺は瞬時に手を差し伸べて、彼女の体を抱き止める。

　しかし、体が触れたその瞬間——、黒磯さんの体温が一気に上昇したのを感じた。

　待てよ……。もしかして、この人……ベータじゃなく、オメガなのか……？

「黒磯さん。抑制剤、持ってる？」

「あっ……、なんか、変っ……」

　明らかに興奮状態にある黒磯さんに、俺は冷静に問いかけた。

　けれど、正気じゃない彼女には、俺の言葉は届かない。

「黒磯さん、オメガでしょう？　なんで嘘ついてたの？」

「お、親が、バレると悪いアルファが寄ってくるから、嘘つけって……」

　苦しそうに告げる黒磯さんの言葉を聞いて胸が痛くなり、俺はこの世界の格差を恨んだ。

　彼女の親の気持ちも、十分に分かるから。

　俺はそっと体を離し、保健医を連れてこようとしたけれど、黒磯さんは俺の手を離さない。

「ほ、ほんとは、こんなしつこくするつもりなかったんです！　なのに、コントロールできなくて……」

「黒磯さん、離れて。俺からは乱暴なことはできない」

　無理やり引き剥がしたいところだけど、相手は俺よりもずっと細い女性だ。強引なことをしてケガをさせたくはない。

　どうしたものかと悩んでいると、黒磯さんはぐっと俺の体を強く抱きしめて、顔をあげてキスをせがんできた。

「え、ちょっ……」

「伊集院君、好き……！　遠くからしか見れなかったけど、ずっと好きでした！」

「待っ……」

　黒磯さんの頭を両手でガシッと掴んだところで、校門の外から何やら視線を感じ取った。

　ゆっくり首を捻ると、そこには、お弁当箱を持ったまま茫然自失している千帆がいた。

「紫音……？」

「え、千帆……？」

「お、お弁当届けに来たんだけど。こ、この状況は……えっと……？」

　最悪のタイミングだ。サーッと一気に血の気が引いていくのが分かる。

　そうか。確認できなかったけれど、それでさっきメッセージが届いていたのか。

　一瞬焦ったけれど、どこからどう見ても迫ってるのは俺ではなく黒磯の方だ。

　落ち着け……。ちゃんと説明すれば千帆は分かってくれる。

「紫音、その子……」

「オメガだったみたいで、今発情期に近い状態にある」

　気まずい思いでそう告げると、千帆はすごい勢いでこっちに近づいてきた。

　怒ってる？　そりゃそうだ……。いくら不可抗力とはいえ、こんな場面を見たら俺だったら正気ではいられない。

　どんな仕打ちも覚悟で千帆を見つめていると、千帆は俺のことは完全スルーで、俺の腕でくたっとしている黒磯さんのおでこに手を当てた。

「熱い……！ 抑制剤持ってるから、すぐに飲ませてあげよう！」

「え……？」

「紫音、お水買ってきて！」

　千帆に言われるがまま、俺はすぐそばにあった自販機で水を買ってきた。

　どうして、もう必要のない抑制剤を千帆が持っているのかは疑問だったけれど、彼女は慣れた段取りで黒磯さんに薬を飲ませている。

　即効性がある薬なので、黒磯さんはスーッと瞳に正気を取り戻していき、ハッとしたように体を起こした。その直後、彼女はバッと俺の方に頭を下げた。

「ご、ごごごめんなさい！ 私、なんてことを……」

　ワナワナと震えながら謝っている黒磯さんの背中を、千帆は優しく撫でている。

　俺は、その豹変ぶりにかなり戸惑いながらも、「気にしないで」とだけ答えた。

「そばにいたら、だんだん欲望を抑えきれなくなっていって……私……！」

「体は大丈夫？」

「へ……あなたは……」

「あなたと同じ、オメガだよ。……怖かったね」

「え……」

　よしよしと言いながら背中を撫で続ける千帆に、黒磯さんはきょとんとした顔から、徐々に泣きそうな顔に変わっ

ていった。

　黒磯さんは俺に視線を移すと、改めて「ごめんなさい」と頭を下げてきた。

「いいよ。フェロモンの問題なら、謝ることない」

「でも……っ」

「千帆が許してるなら、俺は何でもいい」

　俺の言葉を聞いて、黒磯さんは隣にいる千帆のことを見つめた。

　にこっと優しい笑みを浮かべている千帆を見て何かを悟ったのか、黒磯さんはぎゅっと心臓あたりの服を掴んでいる。

「花山千帆ちゃん……。名前、高校で聞いたことある。あなただったんだ」

「え！　同じ高校だったの……？　ごめん、気付けなくて！」

「ううん、大きい高校だから仕方ないよ。千帆ちゃん、可愛くて有名人だったから……」

「え！　それはないよ!?」

　いや、逆に目立ってないと思ってたことが驚きなんだけど……。

　オメガに覚醒してから、千帆の可愛さはあらゆる男子に気づかれてしまい、多くの生徒を悩殺していたというのに。

　千帆は驚いているけれど、黒磯さんは至って落ち着いた様子で話を続けようとする。

「伊集院君が番を作ったって噂、本当だったんだね。伊集

院君の雰囲気、すごく優しくなってて驚いたから」

「え……」

「入る隙ないくらい……、お似合いだね」

　そこまで言うと、黒磯さんは少し寂しそうに笑ってから、スッと立ち上がる。

　そして、俺の目の前まで来て、ぺこっと再び頭を下げた。

「迷惑かけてごめんね。あのとき食堂で助けてくれてありがとう」

「……負けるなよ。あんなバカ女に」

「うん！　勉強は好きだから頑張る！　じゃあ、千帆ちゃんもありがとうね！」

　爽やかに手を振って、黒磯さんは去っていった。

　残された俺と千帆は、ぽつんと手持ち無沙汰なまましばらく立ち尽くし、ゆっくり顔を合わせた。

「ふぅ〜、大変だったね。薬持っててよかったあ」

「千帆にはもう必要ないのに、どうして持ってたの？」

　疑問に思っていたことを聞くと、千帆は目をパチパチと瞬かせた。

「え、オメガが困ってるところに遭遇したら、分けてあげられるし」

「……なるほど」

　千帆のそういう優しさは、幼い頃から変わっていない。

　当たり前のように周りに優しさを振り撒いている千帆のことが、時折心配にもなるけれど、そういうところが好きでもある。

　俺は千帆の背中に手を回して、ポスッと胸の中に閉じ込めた。

「わわっ、紫音どうしたの」

「……ごめん。不可抗力だったとはいえは、嫌だっただろ」

「え……」

「次からもっと気をつける」

　千帆はなんとも思っていないかもだけど、彼女の背中をぽんぽんと優しく撫でた。

　すると、千帆はうーんと小さな唸り声をあげると、パッと顔をあげた。

「……正直言うと、キスされそうになってるのを見たときは、さすがに嫌だったよ」

「え……？」

「すぐにフェロモンのせいだって分かったけど……、モ、モヤモヤした」

　顔を赤らめながら、拗ねたような口調でそんな破壊力のある言葉をつぶやく千帆を見て、自分の中の何かのスイッチが押された。

　俺は千帆の顎に指を添えると、そのままチュッとキスをする。

　幸いここは裏門だから、この時間には人も少ないし。

「なっなっ、なんでそうやっていつも不意打ちするの！」

　カーッと赤面しながら慌てている千帆に、もう一度キスをする。

　隙がありすぎて心配になるけど、止められなかった。

「千帆に嫉妬してもらえるとか記念日すぎる。今日は美味しいもの食べに行こう」

「謎の記念日作らないでー！」

「はあ、可愛い……。なんでそんな可愛いの？」

「そ、そんなの紫音の目がおかしいんだよ」

「そんなわけないでしょ。一ミリの至近距離で見ても可愛いのに」

「それほとんど見えてないでしょっ」

　まずい。千帆の可愛さに思わず偏差値の低い発言が出てしまった。

　千帆を前にすると全く冷静でいられなくなるな……。

　いまだに顔をりんごみたいにしている千帆を、ギューッと強く抱きしめてから、顔を覗き込んだ。

「お弁当、持ってきてくれてありがとう。ゆっくり食べるよ」

「う、うん。盛り付け崩れてたらごめんね」

「今日は仕事の手伝いもないし、早く帰るから」

「本当？　待ってるね」

　パッと顔を明るくさせて、可愛い笑顔を見せる千帆に、また胸が苦しくなってしまった。

　……さっき、真っ先に黒磯を助けに行く千帆を見たとき、じゃあ俺はそんな千帆の笑顔を守ろうと心から思えたんだ。

　千帆を守ることが、バース性の差別がない世界へと、繋がっていくと思うから。

「千帆……今日の夜は覚悟してて。手加減できないと思う

から」

「ひゃっ……」

　耳元でそう囁いてから、チュッと鼓膜に響かせるようにキスをすると、千帆は両目をギュッと瞑った。

　その反応すら、全部食べてしまいたいほど可愛いくて愛おしい。

「も、もうっ……、紫音！　ここ外！」

「じゃあ家ならもっといいね」

「そうじゃなくて……！　ていうか、講義遅れるよ！」

　照れまくっている千帆に背中をぐいぐい押されて、俺は門の中に戻った。

「分かったよ。じゃあ、またあとで」

「うん！　ご飯山盛り作って待ってるね」

　千帆に手を振って、俺は校舎の中へと戻った。

　その日は、早く家に帰ったら千帆を愛でたい気持ちでいっぱいで、午後の講義を受けたのだった。

　家に帰ったら、世界で一番愛しい存在が待っている。

　千帆からもらった愛しさや優しさを、俺も千帆のように周りに広めていきたいと思った。

ずっと一緒に

　番を結び、紫音と無事夫婦になってから約一年。

　紫音はお父さんの会社を手伝いながら大学に通い、私は栄養士の専門学校に通うことになった。

　食べることが大好きだから、食べ物や料理の勉強をすることはとても楽しくて、新しい友達もたくさんできた。

「花山さん、今から帰り？　駅まで一緒に行こうよ」

「田所（たどころ）君。お疲れ様！　うん、一緒に帰ろう。美奈（みな）ちゃんも一緒だよー」

　今日もあっという間に講義を終えて、駅に向かおうとしたところ、眼鏡がよく似合う知的な雰囲気のクラスメイトが声をかけてくれた。

　彼とはよく班が一緒になっていて、いつも気さくに話しかけてくれるので助かっている。頭がいいので課題でも助けてくれるし……。

「千帆ちゃーん、お待たせー！」

「美奈ちゃんお疲れ！　今日はバイトないの？」

「あるよ！　この後恵比寿（えびす）でカフェのバイト！」

「そうなんだ！　いつも働き者だね……！」

　後からやってきたのは、ショートカットがよく似合うとってもオシャレな女の子の美奈ちゃん。いつも元気で明るくて大好きな友達だ。

「田所、今日こそ一緒に帰れてよかったね、ふふふ」

「ちょっ、美奈、声大きいから……！」

「あとでふたりにしてあげる」

　ふたりがこそこそ話しているのを不思議に思いながらも、三人でロビーを出た。

　すると、何やら外が騒がしいことに気づく。

　同世代くらいの女の子数人が、ひとりのスーツ姿の男性に群がっている様子だ。

「なになに、イケメン芸能人でもいるのかなー？　ちょっと見てくる！」

　ウキウキした様子で人混みに近づいていく美奈ちゃん。

　残された私と田所君は、ひとまず美奈ちゃんの帰りを待つことに。

「どうしたんだろうね。アイドルかな……？」

「あのっ、花山さん。ここ、こんな時にごめんなんだけど、か、彼氏とかいる……？　今」

「……へ？」

　突然声を裏返しながら問いかけてきた田所君に、私は首を傾げる。

　思ってもない質問に、しばしフリーズしたけれど、すぐにぶんぶんと手を横に振った。

「い、いないいない、いるわけないよ……！　やだな田所君、なんの冗談！」

「えっ、い、いないの……？　本当に⁉」

「うん、だって私——」

　そこまで言いかけたところで、突然影で視界が暗くなっ

た。

　ふと見上げた瞬間、グイッと突然誰かに肩を抱き寄せられる。

「うちの妻に何か用ですか？」

「わっ、紫音……⁉」

　キャー！という悲鳴が後ろで湧き起こり、私はまったく状況を理解できないまま固まっている。

　美奈ちゃんもなぜか女性たちに紛れて一緒に黄色い悲鳴をあげている。

　な、な、なんで紫音がここに……⁉

　紫音の大学はここから結構遠いのに……！

　ていうかもしや、さっき女子に囲まれていたのは芸能人じゃなくて、紫音だったの……⁉

　田所君も私と同じくらい……いや、それ以上に驚いた顔をしている。

「ちょっと紫音！　クラスメイトの前でやめて！　あとなんでここに……？」

「雨降りそうだったから車で迎えにきた。ていうか、なんで指輪つけてないの？」

「あ、いつも料理する時は外してるの」

　がさがさとバッグを漁って結婚指輪を取り出すと、紫音はすぐにそれを奪い取る。

　そして、そっと私の手を取り、なぜか田所君のことを睨みつけながら指輪をはめた。

　なので、「感じ悪いよ！　ちゃんと挨拶して！」と言って、

紫音の頭をぽこんと叩く。

「すみません、千帆がお世話になってます」

　紫音はやや棒読みで挨拶をして、ぺこっと頭を下げた。

　田所君はなぜか顔を真っ青にしながら、「いやいやいや、こちらこそです」と高速で頭を下げている。

　そこに興奮しきった様子の美奈ちゃんがやってきて、「千帆ちゃんって結婚してたの!?」と私の肩を揺らしてものすごい勢いで問いかけてきた。

　あれ!　私、ふたりにはとっくに言ったつもりになっていたんだけど、まだ伝えてなかったっけ……?

「う、うん!　ごめんもう言った気になってた……あはは」

「しかもこんなスーパーイケメンって!　どういうこと!?　どこで出会えるの!?」

「紫音は幼なじみなんだ」

「幼なじみガチャ成功しすぎか!」

　芸人みたいにつっこんでくる美奈ちゃんは、見ているだけで愉快だ。

　ふと隣に視線を向けると、田所君が灰のようになっていることに気づいた。

　た、田所君、いったいどうしたの……!?

　そんな彼の肩を美奈ちゃんが優しく叩いて、何かを耳打ちし始める。

「田所よ……、これは何があっても無理だ」

「ああ……。こんなん、戦意喪失だよ……。いっそ清々しいさ……」

「今日は好きなもの食べて早めに寝な！」

　何やら私に背を向けてぶつぶつ話しているふたり。

　私は小首を傾げながら、ふたりの会話が終わるのをひとまず待った。

　けれど、紫音がふたたび私の肩に回している手に力を入れて、「じゃあ、すみませんがそろそろ行きます」と宣言した。

　そんな紫音の発言に、ふたりは「どうぞどうぞ！」と声を揃えて即答する。

「千帆ちゃん、またね！　旦那さんとお幸せに！」

「う、うん、一緒に帰れなくてごめんね！」

　美奈ちゃんと田所君は私の言葉にぶんぶんと手を横に振って、会釈しながら駅の方へと消えていってしまった。

　せっかく一緒に帰ろうと言ってくれたのに、申し訳なかったな……。

　チラッと紫音を見上げると、何やら不機嫌なオーラを飛ばしている。

「ちょっと、なんか怖い顔してるよ！」

「千帆が鈍感極めてるからだろ」

「……今日は何か用があって来てくれたの？」

「……もしかして、忘れてる？　今日は新規オープンのホテルに試泊するって言っただろ」

「あ！　そっか！」

　すっかり忘れていた！

　今日は新たにオープン予定のホテルに招待されているん

だった。

　宿泊セット、まとめてはいたけど、部屋に置いてきてしまった！　どうしよう……！

　なんて思っていると、紫音が私の心を読み取ったかのように、「荷物も全部持ってきたよ」とサラッと報告してくれた。

「さすが紫音〜！　ありがとう！」

「こんな時だけ褒められてもな……」

　心からお礼を伝えるも、紫音は呆れた目をしている。

　そして、紫音の運転でなんとかホテルへ向かう運びとなった。

　　　　　○

「伊集院様、お待ちしておりました」

　煌びやかなシャンデリアに、磨き抜かれた真っ白な床と壁、吹き抜けになった広いロビー。

　噴水の音を聞きながら、私はただただ内装のゴージャスさに圧倒されていた。

「行くよ千帆。最上階だって」

「ささ、最上階……！」

「うちのホテルには何度も泊まってるだろ。いい加減慣れたら？」

　そんなことを言われたって、私は紫音と違って超庶民出身ですから……。

　結婚式の時も紫音のホテルで挙げたけれど、うちの家族全員、伊集院財閥のホテルに泊まれることにとにかく大はしゃぎだった。

　エレベーターに乗って約一分、最上階に着くと、一番奥にあるスウィートルームへと向かった。

　そういえば結婚してからずっとバタバタしていて、こんな風にデートらしいデートをするのは久々かもしれない。

　スーツ姿の紫音は、何度見てもかっこよくてドキッとしてしまう。

　私は緊張を悟られないように、目が合う前にパッと視線を逸らした。

「わー！　すっごく綺麗……！」

　丁度時間帯的に夕日が綺麗に見えるタイミングだったので、豪華な部屋がより一層ロマンチックに見えた。

　ほとんどガラス張りで、宙に浮いてるみたいな感覚になる。

　窓際に立って外の景色に見惚れていると、紫音に後ろからそっと抱きしめられた。

「し、紫音……？」

「ねぇ、今日いた男にデート誘われたりしてない？」

「え？　誘われるわけないよ！　なんで？」

「ふぅーん、ならいいけど」

　ドキンドキンと心臓がうるさくなっている私のことなんてまったく気にせず、紫音は私の首に顔を埋める。

　チュ、と唇がうなじに触れて、更に心臓が跳ね上がった。

　それにしても、さっきから田所君のことを気にしてるようだけど、もしかして、田所君に嫉妬してるのかな……？

　ちょっと不機嫌だった理由は、まさかそれ？

　くるっと振り返って、「田所君にヤキモチ焼いてるの？」と直球で聞くと、紫音はこてんと私の肩に額を預ける。

「当たり前でしょ」

　珍しく拗ねた様子の紫音に、キュン、と胸が高鳴る。

　思わず母性本能がくすぐられた私は、紫音の頭をよしよしと撫でた。

「ふふ、可愛い。紫音」

「可愛いのは千帆でしょ」

「私だってヤキモチ焼く時あるから、おあいこだね！」

　そう言うと、紫音はスッと顔を上げて、「千帆もそんな時あるの？」と驚いた顔で聞いてきた。

「そ、そりゃそうだよ……。だって紫音、大学生になってからもずっとモテモテだし……」

　難関私立大学に入学した紫音は、可愛い女子大生たちにモテまくっている。黒磯さんとのこともあったし……。

　SNSで紫音の動画が勝手に上がってくることもあるし、とにかく大学内でも桁違いのイケメンとして話題らしい。

「千帆にモテなきゃ意味ないけど」

「す、既に結婚してるよ……？　私たち」

「結婚してても、千帆にはモテたいですけど」

「ふふ、何それ」

　思わず笑うと、紫音はひょいと私のことをお姫様抱っこした。

　そしてそのまま、そばにあったキングサイズのベッドまで運ばれる。

「わ！　何いきなり、びっくりした……！」

「千帆の笑顔が可愛すぎるのが悪い」

　紫音は私の上に覆い被さると、チュッと軽いキスをしてきた。

　それだけで、カーッと体が熱くなっていく。

　うぅっ、完全に獣モード全開の紫音になってる……！

「何このワンピース。脱がすためにあるのってくらい脱がしやすいんだけど」

「そ、そんなわけないでしょ……っ」

　プチプチと片手で前開きの水色のワンピースを脱がせていく紫音。

　羞恥心でいっぱいになった私は、必死に抵抗するも、簡単に手を拘束されてしまう。

　紫音のフェロモンが部屋の中に溢れていて、頭の中がクラクラする。

　熱に浮かされたように、体に力が入らなくなっていく。

「し、紫音待って……っ、始まってるの？　これ……」

「始まってるって、何が？」

「な、な、何がって……！　意地悪！」

　扇情的な笑みを浮かべている紫音の胸を、思わずぽこんと叩くと、その手を取られて、チュッと手の甲にキスをさ

れた。

「……千帆の全部が可愛いくて仕方ない」

「ひゃっ……」

「千帆を見るだけで……、欲情してくる」

　深いキスを落とされ、呼吸が苦しくなる。

　全身に甘い痺れが走って、脳がとろけそうになっていく。

　紫音とのキスは、自分が自分じゃなくなるみたいですごく怖い。でも、それがすごく幸せでもあるんだ。

　自分の輪郭（りんかく）が曖昧になって、ひとつになっていくこの感じ。

　紫音が欲しくてたまらない、という感情が、体の内から溢れ出てくる。

　思わず紫音の首に腕を回してしがみつくと、チュッと耳にキスをされた。

「千帆、愛してる」

「うん、私も……」

　体の至るところにキスを降らされ、紫音の唇が触れた箇所が火傷（やけど）したみたいに熱くなる。

　ふわふわした意識の中、私は何度も紫音の名前を呼んだ。

「紫音っ……」

　私たちがオメガとアルファだから、こんなにも特別な感覚になっているのかな。

　普通の人の感覚は分からないけど、紫音と触れ合うと、自分の体と紫音の体がひとつになったような感覚に陥る。

　番関係を結んで、発情期になることはもうなくなったけ

れど、今、あの時みたいに体が熱くなっている。

　紫音に触られると、何度でもあの時の感覚が戻ってきてしまう。

　こんな気持ちを抱くのは、紫音だけ。相手が紫音だから。

　番関係を結んだ私は、一生紫音にしかこんな気持ちにならないんだ。

　なんだかそれはすごく特別な感じがして……すごく嬉しい。

「紫音、大好きだよ」

　そう伝えると、紫音は優しく目を細めて、私の額にキスを落とした。

　大好きだよ、紫音。

　紫音は、世界で一番大切な人だよ。

　何も取り柄のない私だけど、紫音と出会えたことだけは私の自慢だよ。

　本能に振り回されてしまう、ちょっと複雑な関係の私たちだけど、これから先もずっと "好き" という気持ちを大事にしていこうね。

「これから先もずっと一緒だ……、千帆」

「うん！　ずっと一緒！」

　紫音の言葉に力強く頷いて、私たちはどちらからともなく優しいキスをした。

end

☆afterword

あとがき

　はじめまして、春田モカと申します。この度は『本能レベルで愛してる』をお手に取ってくださり誠にありがとうございます。

　妄想全開のストーリーとなってしまいましたが、最後まで楽しんで読んでいただけましたら幸いです。

　本作は、とにかくあっけらかんとした千帆がぐいぐい展開を引っ張ってくれた作品でした。

　本来紫音はわりと難しい性格をしているはずなのですが、紫音の闇の部分も千帆が明るく吸い取ってくれたのでよかったです。

　三条君の話も個人的にはもう少し掘り下げたかったのですが、ふたりの間にまったく入る隙間もなかったので、難しかったですね……。

　個人的にはかおりんとタケゾーもかなり楽しんで描いていました。大人になっても、千帆、かおりん、タケゾーの三人は仲良しでいてほしいですね。

　オメガバースという、「野いちご」ではあまり見られない題材に挑戦させていただきましたが、広い心で本作を受け入れてくださった皆様に感謝申し上げます。

　同時並行でなかなかヘビーな作品を書いていたので、個

人的にも千帆の明るさに救われた作品でした。

　とにかく最後まで楽しく書かせていただきました。

　最後に感謝の気持ちを伝えさせてください。

　私の想像を遥かに超える可愛さの千帆と、とんでもなくイケメンで色気のある紫音を描いてくださったくりゅう先生、本当にありがとうございました。

　そして本作に最後までお付き合いくださった読者様、制作に関わってくださった全ての方に心よりお礼申し上げます。ありがとうございます。

　他にも「野いちご」上で色んなジャンルの作品をあげておりますので、よかったらお暇な時に覗いてみてください！

2022年6月25日　春田モカ

作・春田モカ

埼玉県出身。2007年、デビュー。2014年に『呉服屋の若旦那に恋しました』で第2回ベリーズ文庫大賞の最優秀賞を受賞し、文庫化。その後、『半透明のラブレター』『何度忘れても、きみの春はここにある。』（すべてスターツ出版刊）など精力的に執筆。多方面でファンからの絶大な支持を誇る。現在、ケータイ小説サイト「野いちご」で活動中。

絵・くりゅう

神奈川県出身の漫画家。2020年ComicFesta！にて漫画家デビュー。2022年「花とゆめ」（白泉社）にて、「ウルフメルト」で佳作を受賞。趣味は映画観賞。

ファンレターのあて先

〒104-0031

東京都中央区京橋1-3-1

八重洲口大栄ビル7F

スターツ出版（株）書籍編集部 気付

春田モカ 先生

本能レベルで愛してる
〜イケメン幼なじみは私だけに理性がきかない〜

2022年6月25日　初版第1刷発行

著　者　春田モカ
　　　　©Moka Haruta2022

発行人　菊地修一

デザイン　カバー　しおざわりな（ムシカゴグラフィクス）
　　　　　フォーマット　黒門ビリー＆フラミンゴスタジオ

ＤＴＰ　朝日メディアインターナショナル株式会社

発行所　スターツ出版株式会社
　　　　〒104-0031　東京都中央区京橋1-3-1　八重洲口大栄ビル7F
　　　　出版マーケティンググループ　TEL03-6202-0386
　　　　（ご注文等に関するお問い合わせ）
　　　　https://starts-pub.jp/

印刷所　共同印刷株式会社
Printed in Japan

ISBN 978-4-8137-1280-0　C0193